상관없는 거 아닌가?

상
관
없
는 거 아닌가?

산 장
문 기
　　하

문학동네

밤

나는 책을 잘 못 읽는다. 일단 속도가 아주 느리다. 어떤 책인지에 따라 다르기는 하지만 대부분의 경우 몇 줄 읽다보면 딴생각에 빠진다. 그것을 깨달으면 마음을 다잡아 다시 글에 집중해본다. 그러나 얼마 안 있어 또 딴생각. 이런 과정의 반복이다. 다 읽은 문장을 한 번 더 읽을 때도 많다. 시선만 이동했을 뿐 내용은 전혀 머리에 들어오지 않는 경우도 있고, 과연 내가 정확히 읽은 것인지 의심이 들어서 앞으로 돌아갈 때도 있다. 이런 식이다보니 도저히 빨리 읽을 수가 없다. 따라서 당연히 많은 책을 읽지도 못한다. 그렇다고 읽은 책들의 내용만은 정확히 기억하는 편인가 하면 그렇지도 않다. 친구들과 대화하는 중에 내가 어떤 책을 재밌게 읽었다고 말하면 자연스레 그 책이 어떤 내용이냐, 가장 기억에 남는 구절이 뭐냐 하는 유의 질문이 돌아온다. 그런 경우에도 "어……막상 그렇게 물으니까 구체적으로 기억이 나진 않는데……"라는 식으로 얼버무리게 될 때가 많다.

반면 "책을 좋아하시죠?"라는 질문을 자주 받는 편이다. 이름이 웬만큼 알려진 가수이기 때문에 이래저래 인터뷰를 할 기회가 많고, 아무래도 서울대 출신에 대해

흔히들 가지는 이미지가 있다보니 인터뷰하시는 분들이 으레 그런 질문을 하나씩 끼워넣으시는 것 같다. 물론 시원스레 "네"라고 대답하는 일은 잘 없다. 질문을 받는 순간 뭔가 켕기기 시작한다. 나처럼 책을 잘 못 읽는 사람이 책을 좋아한다고, 그것도 매체에 소개되는 인터뷰를 통해 말할 자격이 있는가 하는 생각이 들기 시작하는 것이다. 그래서 "아…… 제가 그렇게 책을 잘 읽지 못해서…… 뭐 막상 좋은 책을 읽으면 좋긴 하지만……" 하는 식으로 이도 저도 아닌 답을 하고 만다.

사실 나는 책 읽는 것을 좋아한다. 최근에 그렇게 결론을 내렸다. 그리고 앞으로는 인터뷰 자리에서든 사적인 모임에서든 그냥 그렇게 말하기로 했다. 하지만 그렇게 결심하기까지는 오랜 세월이 걸렸다. 이십 년 정도는 족히 걸린 듯하다. 인터뷰를 할 때뿐 아니라 나 스스로에게 '나는 책을 좋아하는가?' 하고 물을 때에도 늘 선뜻 그렇다고 답하지 못했었다. 왠지 책을 집중해서 죽 읽어나간 후에 누가 물어도 책의 내용을 간단명료하게 설명할 줄 아는 사람이 되어야 비로소 "그래! 나는 책을 좋아해!"라고 당당하게 말할 수 있을 것만 같았다. 하지만 어느 때부터인가 이런 생각이 들기 시작했다.

'상관없는 거 아닌가?'

맞다. 상관없다. 잘하는 것과 좋아하는 것은 애초에 다르기 때문이다. 내가 읽어야 하는 책의 양이나 읽는 속도를 누가 정해놓았다거나, 독서의 목표가 남들과의 경쟁에서 이기는 것이라면 잘 읽는 게 중요할 것이다. 하지만 책 읽기를 좋아한다는 것은 다른 문제 아닌가. 좀 오래 걸리더라도, 또 많은 양을 읽지 못하더라도 책 읽는 시간이 즐겁다면 누구나 책을 좋아한다고 말할 수 있는 것 아닌가. 백번 양보해서 뭔가를 좋아한다고 말할 수 있으려면 그것을 잘해야 한다는 것을 인정한다 해도, 내가 정말로 책 읽기를 잘 못하는 것인가? 그것도 확실치 않다. 읽는 도중에 딴생각이 좀 나면 어떤가? 어찌됐건 그 딴생각이라는 것도 책의 내용으로부터 연상된 것일 텐데, 그렇다면 그게 꼭 독서와 무관한 '딴'생각이라고 할 수 있나? 그리고 읽은 부분을 다시 읽게 되는 게 꼭 문제인가? 같은 책 안에서라도 구절마다 중요도가 다르기도 하고 어떤 때는 반복해서 음미하고 싶기도 하니 어떤 문장들은 여러 번 읽게 되는 게 당연한 일 아닌가? 오히려 모든 문장을 일정한 속도로 읽는 게 더 문제일지도 모른다. 내용을 기억하는 능력 역시 마찬가지다. 시험을 보기 위해 읽는 것이 아닌 이상, 꼭 내용을 잘 기억해야 하나? 단 한 구절을 기억하더라도 그 구절이 내 인생에 어떤 영향을 미쳤다면 그것으로 좋은 독서가 된 것 아닌가?

글로 써놓고 보니 참 당연한 이야기다. 하나 마나 할 정도다. 그런데 이걸 인정하는 데 왜 그리 오랜 시간이 걸렸을까? 솔직히 잘 모르겠다. 어쨌든 분명한 건 내가 아무래도 상관없는 일에 대해 지나치게 신경써왔고, 또 그게 아무래도 상관없다고 인정하고 나니 마음이 훨씬 편해졌다는 것이다. 그런데, 가만 보니 내 삶에 이런 문제가 한두 가지가 아니다. 나도 모르게 골칫거리로 삼아 씨름하게 되는 문제들 중 아무래도 상관없는 것들이 상당히 많다. 거의 모든 게 그런 것 같기도 하다.

아무래도 상관없는 것들에 대해 써보려 한다. 나를 괴롭혀온 아무래도 상관없는 것들. 아무래도 상관없다고 해서 간단히 극복하거나 잊어버릴 수 있는 것은 아니다.

오히려 그 반대다. 그런 문제들을 해결하는 방법 같은 것은 나는 모른다. 뾰족한 수는 없는 것 같다. 하지만 마치 한 단어를 반복해서 되뇌면 그 의미가 불확실해지는 기분이 들듯이, 아무래도 상관없는 것들을 죄다 끌어내 써보는 것만으로도 그것들의 힘이 좀 약해지지 않을까 하는 정도의 기대는 하고 있다.

책을 쓰겠다는 생각을 한 것은 난생처음이다. 몇 가지 이유가 있었는데, 무엇보다도 답답해서다. 그동안 나는 노래와 말, 이 두 가지를 통해 남들에게 내 생각을 전달해왔다. 둘 다 훌륭한 방법이지만, 올해 들어 그 둘만으로는 부족하다는 느낌이 들기 시작했다. 노래는 특정한 감정을 강렬하게 전달할 수 있지만, 내가 가진 생각을 자세히 설명하기에는 적합하지 않다. 누군가를 만나 대화를 하는 것은 그런 면에서 좀더 나은 수단이지만, 거기에도 한계가 있다. 한 가지 주제에 대해 한없이 떠들 수는 없는 일이기 때문이다. 너무 지루해지기 전에 다음 화제로 넘어가지 않으면 즐거운 대화를 나눌 수 없다. 그러다 보니 주변 사람들과 이야기를 나눌 때 내 생각을 충분히 전달하지 못한 채 화제가 바뀌었다고 느끼는 일이 많다.

최근 들어 특히 더 많아졌다. 책을 쓰는 수밖에 없다고 생각했다. 오직 글로만 온전히 전달할 수 있는 종류의 생각들이 내 안에 가득 쌓였다는 결론을 내린 것이다. 하지만 그렇게 마음을 먹고 나자마자 더럭 겁이 났다. 나에게 책을 쓸 자격이 있나? 내가 가진 생각들이 정식으로 출간될 만큼의 가치를 갖고 있나? 읽는 것조차 잘하지 못하는 내가 심지어 남들이 읽는 책을 쓴다고……? 이 정도까지 생각이 미치자 뭔가 기시감이 들었다. 그리고 그냥 이렇게 생각해버렸다.

'상관없는 거 아닌가?'

낮

안
경
과

왼손

얼마 전 안경을 잃어버렸다. 매우 아끼는 안경이었다. 아니, 아낀다는 표현으로도 모자란다. 이삼 년 전 그 안경을 산 이후로는 오직 그것만 써왔던 것이다. 그런데 어느 날 아침 갑자기 사라져버렸다. 있을 만한 곳을 전부 다 여러 번씩 싹싹 뒤져봤지만 찾지 못했다. 결국 예전에 썼던 다른 안경을 쓰고 집을 나설 수밖에 없었다. 약속 장소로 가는 길, 이삼 일 전에 읽었던 무라카미 하루키 에세이의 한 구절을 떠올렸다. "형체 있는 것은 아무리 애써도 언젠가, 어디선가 사라져 없어지는 법이다. 그것이 사람이건 물건이건." 마음을 털어버렸다. 그래, 그 안경이랑은 여기까지였나보지 뭐.

나는 국소성 이긴장증이라는 병을 가지고 있다. 해괴해 보이는 이름이지만 의미는 간단하다. '국소성'이란 특정 부위에 나타남을, '이'는 이상함을, '긴장'은 말 그대로 긴장을 뜻한다. 한마디로 특정 부위가 이상하게 긴장된다는 얘기다. 이 병명에서 가장 중요한 글자는 '이'다. '이' 자가 들어간 병을 선고받는다는 것은 말하자면 이런 상황이다. 몸이 안 좋다. 병원을 찾아가 묻는다.

"선생님, 저 왜 아픈 건가요?"

의사가 답한다. "그러게요. 이상하네요."

"……"

그렇다. 내 병은 원인도 치료법도 알려지지 않은 희귀병이다.

이 병이 처음 생긴 것은 대략 십오 년 전쯤으로, 군악대 시험을 준비하던 시절이었다. 당시 나는 '눈뜨고코베인'이라는 록밴드에서 드러머로 활동하고 있었다. 가수가 되겠다는 생각은 전혀 없었다. 그저 드럼 하나로 먹고 살 수 있을 정도로 연주를 잘하는 사람, 즉 프로 드러머가 되겠다는 생각뿐이었다. 그 외의 진로는 상상조차 하지 않았다. 학교 공부는 최소한으로 하고 드럼 연습과 밴드 활동 위주로 생활했다. 그러다보니 군복무를 시작도 하지 않은 채 대학 오 년 차를 맞았고, 더이상은 입대를 미룰 수 없게 되었다. 내 선택은 당연히 군악대였다. 군대에 있는 동안 손발이 녹슬면 큰일 아닌가. 일반 부대는 절대로 안 된다는 생각이었다. 그런데 군악대는 록 연주만 잘한다고 들어갈 수 있는 곳이 아니었다. 클래식 타악, 특히 행진곡풍의 연주에 능통해야 했다. 자신은 있었다. 이미 연습이라면 많이 해온 터였기 때문이다. 좀 다른 장르의 연주라고 해서 못 해낼 것은 없다고 생각했고, 시험을 대비해 맹연습에 돌입했다.

이삼 개월쯤 지났을 때 복병이 나타났다. 연습만 하려고 하면 내 의지와 관계없이 왼손이 꽉 쥐이는 증상이 나타나기 시작한 것이다. 드럼 연주의 기본은 그립이다. 누가 툭 치면 놓쳐버릴 듯 살며시 스틱을 잡고 부드러운 움직임을 만들어야 빠르고 정확한 연주를 할 수 있다. 그런데 자꾸 나도 모르게 스틱을 힘껏 잡게 되고 그것을 내가 통제할 수 없는 상황이 반복되다보니 미쳐버릴 노릇이었다. 이유는 알 수 없었다. 연습하다 너무 답답하고 화가 나서 소리를 지르며 스틱을 집어던진 것도 한두 번이 아니다.

결국 군악대는 포기했다. 치료법도 알 수 없고 상태가 호전될 기미도 보이지 않으니 어쩔 수가 없었다. 더욱 중요한 것은, 프로 드러머의 꿈도 함께 버렸다는 것이다. 그런데 그게 그리 절망스러운 단념은 아니었다. 내 생각의 흐름은 이랬다. '하긴 군악대의 살벌한 분위기 속에서 연주하는 게, 내가 멋있는 음악을 하는 데는 오히려 해가 될지도 몰라. 멋있는 음악이라…… 그래, 생각해보면 프로 드러머가 되는 것 자체가 멋있는 음악을 하는 것과는 거리가 멀 수도 있겠네. 연주로 먹고살려면 돈 되는 음악을 해야 하는데, 내가 지금 멋있다고 생각하는 우리나라 음악 중에 돈 되는 게 하나라도 있나? 그리고 나는 우리 밴드 음악이 제일 멋있는데 그걸로 돈을 벌어본 적도 없잖아? 애초에 음악으로 돈을 벌겠다는 생각 자체가 문제였어!' 나는 홀가분한 기분으로 프로 연주자가 아닌, 돈은 안 돼도 '멋있는' 음악을 하는 뮤지션이 되겠다고 마음먹었다. 그리고 일반 부대에 입대했다.

제대한 후 나는 그 '멋있는' 뮤지션이 되는 일을 실행에 옮겼다. 파트타임 일자리를 구한 상태에서, 내가 싱어송라이터로서 이끄는 새 밴드 '장기하와 얼굴들'을 시작한 것이다. 최소한의 돈과 최대한의 시간을 확보해 자유롭게 음악활동을 하겠다는 생각이었다. 곡은 군복무중 짬짬이 만들어뒀었다. 물론 큰 인기를 얻으리라는 기대는 전혀 없이 만든 노래들이었다. 눈앞에 있는 관객들만은 확실히 재밌게 해주겠다는 생각이 다였다. 그런데 터졌다. 소위 '대박'이었다. 활동을 시작하고 일 년이 지나기도 전에 전 국민적 히트곡을 보유한 밴드가 된 것이다. 모든 것이 거짓말처럼 순조로웠다. 한 가지만 빼고 말이다. 왼손에 힘이 들어가는 증상이 기타를 연주할 때도 나타나기 시작했다.

처음에 이 증상이 신기했던 건 유독 드럼 연주를 할 때만 나타났기 때문이었다. 다른 일을 할 때는 아무런 불편이 없었다. 물론 기타 연주를 할 때도 마찬가지였다. 군복무중에도 생활관에 비치된 통기타를 치며 노래를 만들었고, '장기하와 얼굴들' 첫 싱글을 녹음할 때도 기타는 내가 다 쳤으며, 밴드 활동 초기에는 공연을 할 때도 절반 정도의 곡에서는 내가 기타를 잡았다. 그런데 급격하게 치솟는 인기를 실감하며 공연을 이어가던 어느 날, 기타를 연주할 때도 왼손에 힘이 들어가기 시작한 것이다.

결국 기타도 포기했다. 이번 단념은 군악대 때와는 달리 좀 절망스러웠다. 공연에서 기타를 연주하지 않기로 했음은 물론이고, 평소에 혼자 치는 것도 거의 못하게 됐다. 늘 자유자재로 하던 기본적인 플레이조차 마음대로 할 수 없게 되니 짜증이 치밀었다. 자연히 심심풀이로 기타를 잡는 일이 점점 줄어들었다. 중학교 때 이후로 그때까지 줄곧 기타는 나의 가장 좋은 취미 중 하나였다. 집에 있을 때면 침대에 누워 기타를 배에 얹고 아무렇게나 퉁겼다. 그러면서 멜로디를 이리저리 흥얼거리다보면 이따금씩 노래가 만들어지곤 했다. 그런 일상이 하루아침에 송두리째 날아가버렸다. 게다가 이번에는 증상이 연주에만 국한돼 나타난 것이 아니라 일상 전반으로 퍼져나갔다. 곧 타자를 치는 것도, 단추를 잠그는 것도, 왼손을 써야 하는 어떠한 일도 예전만큼 쉽게 할 수 없게 되었다.

그로부터 십 년이 흘렀다. 그런데 그 십 년을 돌이켜보면, 이 병이 내게 나쁜 일만은 아니었다. 사실 병에게 엎드려 절하고 싶을 지경이다. 프로 드러머의 길을 포기함으로써 결국 '장기하와 얼굴들'을 시작할 수 있었을 뿐만 아니라, 기타 연주를 포기한 것 역시 내게 두 가지 커다란 선물을 가져다주었기 때문이다. 첫째는 새 기타리스트 하세가와 요헤이 형을 영입한 것, 둘째는 내가 무대에서 악기 없이 자유롭게 퍼포먼스를 할 수 있게 된 것이다. 이 두 가지가 없었다면 '장기하와 얼굴들'의 활동이 내게 가져다준 희열은 말도 안 되게 줄어들었을 것이다. 그리고 세월이 지나면서 증상도 아주 조금씩 좋아져이제는 거의 다 나았다. 지금도 약간의 느낌이 남아 있긴하지만, 일상에서 그것을 의식하게 되는 일은 드물다. 기타와 드럼도 취미 정도로는 다시 연주할 수 있게 되었다. 그간 연습을 안 했으니 남들 앞에 뽐낼 만한 연주력은 당연히 아니지만, 사실 이제는 그런 능력이 필요하지도 않다. 싱어송라이터로서 좋은 연주자들과 함께할 수 있게되었으니 말이다. 무엇보다, 증상이 가장 심했을 때를 떠올리면 집에서 혼자 재밌게 연주할 수 있는 것만 해도 감지덕지다. 지금도 이 병의 원인은 의학적으로 밝혀지지않은 듯하고, 물론 나도 아직 정확히 어떤 일이 벌어진것인지 알지 못한다. 다만 이렇게 추측할 뿐이다. 내가나 스스로에게 과도한 것을 강요했고, 몸이 그만두라는신호를 보냈다. 나는 그것을 무시하지 않고 충분히 쉬게해주었으며, 그랬더니 시간을 두고 차츰 회복되었다.

　"형체 있는 것은 아무리 애써도 언젠가, 어디선가 사라져 없어지는 법이다. 그것이 사람이건 물건이건." 그리고, 형제가 없긴 하지만 능력도 마찬가지다. 어제까지 낭연히 할 수 있었던 일을 오늘 갑자기 못하게 될 수도 있다. 나는 그럴 때마다 무척 괴롭긴 했지만, 결국 다 순순히 받아들였다. 이 능력은 여기까지인가보다, 하고. 그리고 새로운 상황에 맞춰 새로운 계획을 세웠다. 그러고 나면 그전에는 상상도 못했던 다른 길이 열리곤 했던 것이다.

안경은 며칠 뒤에 소파 밑에서 찾았다. 전날 술에 취해 소파에서 잠들었고, 안경을 아무렇게나 내팽개치는 과정에서 소파 아래로 들어간 모양이었다. 거실에서 잠드는 일이 거의 없다보니 그곳을 찾아볼 생각은 하지 못했던 것이다. 먼지 구덩이 속에 얌전히 놓인 안경을 발견한 순간, 그야말로 날아갈 듯한 기분이었다. 아무리 많이 아끼는 안경이라 해도, 물건 하나로 그렇게까지 기쁠 수 있나 싶었다. 모르긴 해도, 깨끗이 포기했었기 때문일 거다.

즐
겁
고

해로운 취미

나는 술을 매우 좋아한다. 하지만 음주를 예찬하고 싶은 생각은 없다. 즐기지 않는 이들에게 권하고 싶지도 않다. 술은 여러모로 해롭기 때문이다. 물론 꽤 많은 사람이 인정하는 술의 좋은 점들도 있다. 대표적인 것이 취중진담이다. 술을 마시면 더욱 솔직하고 진실된 대화를 할 수 있다는 얘기인데, 나는 그다지 동의하지 않는다. 술에 취한다는 건 결국 그냥 좀 멍청해지는 것이다. 그 이상도 이하도 아니다. 이게 내가 이십 년 정도 마셔오며 내린 결론이다. 멍청해진 상태에서 하는 이야기가 평소보다 더 진실된 것이라면 좀 이상한 일 아닌가. 물론 멀쩡할 때에는 용기가 나지 않아 하지 못했던 말을 술에 취하면 할 수 있게 되는 일이 종종 있기는 하다. 뇌에서 술의 영향을 가장 크게 받는 곳 중 하나가 자기억제를 관장하는 부위라고 하니, 자연스러운 일일 테다. 하지만 그런 식으로 밝히는 마음이 더 '진실된' 것인지는 잘 모르겠다. 이야기를 꺼내기 주저하는 마음도 어쨌든 진심이다. 그 마음을 극복할 수 있는 용기도 마찬가지고 말이다. 진실된 대화란 그렇게 상충하는 여러 진심들을 빠짐없이 마주한 후 적절한 방식으로 상대에게 전달하는 것이다. 뇌의 일부를 마비시키고 특정한 진심만을 꺼내놓는 것과는 다르다.

술이 새로운 영감을 받는 데 도움을 준다고 믿는 이들
도 있다. 그러다보니 나처럼 창작을 업으로 삼는 사람들
이 술을 많이 마시는 것은 자연스러운 일로 여겨지기도
한다. 이 믿음은 취중진담에 대한 것보다는 설득력이 있
다. 나는 영감이란 결국 같은 사물을 조금 다른 시각에서
바라보게 되는 것이라고 생각한다. 그렇다면 종종 약간
씩 멍청해져도 괜찮은 일 아닌가. 어쨌든 평소와 '다른'
상태가 되는 게 중요하니 말이다. 실제로 내 주변에는 창
작을 할 때 술의 덕을 꽤 본다고 말하는 사람들도 있다.
나는 그게 거짓말이라고 생각하지 않는다. 다만, 나는 그
랬던 적이 별로 없다. 뭔가 떠오르는 순간은 주로 맨정신
일 때였다. 어쩌면 술에 취했을 때의 경험들이 쌓여 나도
모르는 사이에 영감을 가져다주었는지도 모른다. 하지
만 그랬는지 확인할 방법은 없다. 게다가 〈싸구려 커피〉
〈달이 차오른다, 가자〉 같은 '장기하와 얼굴들'의 성공을
견인했던 초기작들은, 내가 성인이 된 후 가장 술을 적게
마신 시기인 군복무 기간에 만들었다. 그후에도 나의 창
작욕을 불러일으키는 것은 주로 인간관계나 다른 음악

들이었지 취기는 아니었다.

반면, 술 때문에 인생이 피곤해지는 일은 얼마든지 있다. 일단 크든 작든 후회할 일이 자꾸 생긴다. 나는 취해도 심하게 흐트러지는 편은 아니지만, 과음을 하게 되면 아무래도 이런저런 실수를 하게 된다. 굳이 하지 않아도 되는 말을 하거나, 굳이 연락하지 않아도 되는 사람에게 연락을 하거나, 굳이 쓰지 않아도 되는 돈을 쓰게 되는 것이다. 시간이 아깝다는 생각이 들 때도 많다. 술자리라는 것은 금방 끝나는 법이 없다. 내 경우 대여섯 시간은 우습게 지나가고 열 시간씩 마시는 일도 왕왕 있다. 그 긴 시간이 의미 있는 대화로만 채워질 리 없다. 마시면 마실수록 너도 나도 점점 더 쓸데없는 이야기를 하게 되고, 너무 많이 마셨을 때 나눈 대화는 기억에서 사라지기도 한다. 숙취에 시달리며 하루종일 누워 있을 때는 더욱 시간이 아깝다고 느껴진다. 그럴 때는 기분마저 어두워져 그 무엇에 대한 의욕도 생기지 않는다. 살이 찌는 것도 스트레스다. 술을 자주 마시면 살이 찐다. 살이 찐 상태로 공연을 하거나 방송에 출연하면 카메라에 찍힌 내 모습이 영 별로다. 그것을 보게 되면 기분이 나쁘다.

그러니 하는 수 없이 빼야 한다. 살을 빼는 것은 힘들다. 하지만 빼고 나면 기분이 좋아진다. 그러면 다시 마신다. 이런 과정을 반복하다보면 왜 이러고 있나 싶다.

　이쯤 되면 이런 의문이 들 것이다. '그럼 대체 왜 술을 마시는 거야?' 내가 술을 마시는 이유는 딱 하나다. 맛있어서다. 사실 지금까지 한 이야기는 대부분 술 자체에 대한 것은 아니다. 술에 '취한다'는 것에 대해서다. 나는 술의 맛을 좋아하지만 취하는 건 그다지 좋아하지 않는다. 궤변처럼 들릴지 모르지만 그렇게밖에 표현할 수 없다. 만약 술과 정확히 같은 맛이 나지만 아무리 마셔도 취하지 않는 음료가 개발된다면 나는 그쪽을 선호하게 될지도 모른다. 더 정확히 말하자면 술 자체의 맛보다는 술과 무언가가 잘 어울릴 때의 즐거움을 좋아한다. 이른바 '페어링'이다. 맛있는 음식을 먹을 때 술이 빠지면 아쉽다. 아니, 아쉽다는 말 정도로는 모자란다. 감자튀김을 주문했는데 케첩이 따라 나오지 않는다면 기분이 어떻겠는가? '흠, 아쉽네요' 정도로 넘어갈 수 있나? 삼겹살을 구워 먹는데 소주를 마실 수 없는 상황도 내게는 다르지 않다. 생선초밥을 먹는데 생맥주 한잔으로 시작해서 청주로 넘어갈 수 없을 때도 마찬가지다. 프랑스식 코스 요리를 먹는데 와인을 곁들일 수 없을 때의 마음도, 아쉽다는 정도로는 표현할 수 없다. 어색하다는 말이 더 정확하겠다. 마치 한쪽 소매가 없는 스웨터를 입게 되면 느낄 만한 기분이랄까.

술과 페어링할 수 있는 것은 비단 음식뿐만이 아니다. 나에게 맥주가 가장 맛있는 순간은 치킨을 먹을 때도 아니고 피자를 먹을 때도 아니다. 공연 직후다. 여름 록페스티벌에서 땀을 뻘뻘 흘리며 관객들과 호흡한 후 무대 뒤로 내려오자마자 마시는 머리가 찌릿할 정도로 차가운 맥주. 그 청량감은 뭐랄까, 탄산수가 흐르는 계곡물에 풍덩 빠지는 듯한 기분이다. 공연은 결국 그 순간을 위해 하는 것이 아닌가 싶은 생각조차 들 정도다(관객 여러분께는 죄송한 이야기지만).

여행지에 걸맞은 술을 마시는 재미도 쏠쏠하다. 오직 그곳에서만 마실 수 있는 술이라면 더욱 그렇다. 일례로, 나는 런던에 가면 일단 펍부터 들른다. 그리고 영국식 전통 에일을 주문한다. 우리나라 사람 입장에서는 당혹스러울 수 있는 맛이다. 미지근한데다 탄산도 별로 없기 때문이다. 하지만 한번 익숙해지고 나면 그게 그렇게 구수하고 정겨울 수가 없다. 후줄근하고 어둠침침한 펍에서 투박하고 왁자한 영국 영어가 들려오는 가운데 홀로 앉아 홀짝이는 맹맹한 에일. 그걸 한 모금 마신 다음에야 비로소 이런 생각을 하게 된다. '아, 런던에 왔구나.'

내가 "오늘은 마시기 좋은 날씨군"이라고 말하면 나를 잘 아는 친구들은 이렇게 말할 것이다. "너한테 그렇지 않은 날씨가 있냐?" 반박하기 어렵다. 하지만 날씨마다 어울리는 술은 다르다. 맑은 날이라면 가벼운 라거나 막걸리, 혹은 스파클링와인이 잘 어울린다. 비 오는 날에는 소주다. 눈 오는 날이라면 따끈히 데운 청주가 좋다. 살짝 흐린 날은 묵직한 에일이나 레드와인을 찾게 된다. 물론 이것은 어디까지나 날씨와 술이라는 두 가지 요소만을 고려할 때 얘기고, 어떤 음식을 곁들여 먹느냐에 따라 답은 또 완전히 달라질 수 있다.

하지만 역시 술 마시는 즐거움을 가장 크게 좌우하는 것은 사람이다. 나는 혼자 마시는 것도 꽤 좋아한다. 사실 술맛을 떨어지게 하는 사람과 마시느니 혼자 마시는 게 낫다고 생각한다. 옆에서 자꾸 말을 시켜 정신을 혼미하게 하는 사람과 영화를 보고 싶지 않은 것과 같은 이치다. 반면, 나란히 앉아 아무 말 없이 영화를 보면서도 나와 비슷한 곳에서 감동을 느끼는 친구를 상상해보라. 좋은 술친구란 그와 다르지 않다. 말이 통하지 않고 술을 즐길 줄 모르는 사람과는 미슐랭 스타 레스토랑에서 최고급 와인을 마셔도 그리 즐겁지 않을 것이다. 하지만 마음이 잘 맞고 술을 즐기는 취향도 나와 비슷한 사람과 함께라면, 편의점 음식에 곁들이는 소주로도 훌륭한 맛을 느낄 수 있다.

이처럼 나는 술을 맛과 낭만으로 마시기 때문에 나의 음주는 그저 취하려고 퍼마시는 이들의 것과는 본질적으로 다르다……고 말한다면 당연히 말도 안 되는 소리다. 맛과 낭만을 만끽하며 한두 잔만 딱 마시고 집에 가서 평온하게 잠드는 교양 있는 애주가들도 있을 것이다. 하지만 안타깝게도 나는 거기에 포함되지 않는다. 타고나기를 많이 마실 수 있게 타고난 것이 패착이다. 내가 마시는 과정은 대략 이렇다. 맛을 만끽하며 마시기 시작한다. 쉽게 취하지 않으니 많이 마신다. 그러다보면 취한다. 더 마시고 싶어진다. 더 취한다. 결국 그냥 취객이 된다. 솔직히 말하면 술과 똑같은 맛이 나지만 마셔도 취하지 않는 음료가 개발된다 해도, 아마 나는 호기심에 몇 번 그것을 마셔보다가 결국 다시 술로 돌아갈 것 같다. 취하는 것은 단지 멍청해지는 것일 뿐이긴 해도, 어쨌든 내가 좀 멍청해지는 그 순간이 즐거운 것도 사실이니까.

한마디로, 내게 술이란 즐겁고도 해로운 취미다. 즐거움이 해로움보다 크다고 생각하기 때문에 마시는 것이고 말이다. 누구에게든 평생 마실 수 있는 술의 총량은 비슷하게 정해져 있다는 말도 있다. 대단히 신빙성 있는 의견은 아니라고 생각하지만, 만약 그게 사실이라면 내가 앞으로 마실 수 있는 양이 얼마 안 남았을 가능성도 있다. 소중한 취미를 잃기는 싫으니 당연히 그렇지 않기를 바라지만, 뭐 그렇다 해도 영 나쁜 일만은 아닐 것 같다. 어쩌면 앞으로는 좀더 똑똑하게 살아갈 수 있게 될지도 모르니 말이다. 운이 좋으면 맛과 낭만을 만끽하며 한두 잔만 딱 마시고 집에 들어가 평온하게 잠드는 교양 있는 애주가가 될 수도 있겠고. 음, 그건 좀 어려우려나.

냉
장
고
의

즐거움

나는 물건을 사는 일에 대체로 관심이 없는 편이다. 물론 이것저것 계속 사고는 있지만 대부분 그저 필요에 의해 사는 것이지 즐거움을 위해 뭔가를 모은다거나 하는 일은 잘 없다. 신제품이 언제 나오는지 기다리는 일도 없다. 스마트폰의 새 모델 출시 소식이 있는지 주기적으로 체크하고 마침내 그 날짜가 정해지면 설레는 마음으로 기다렸다가 당일이 되자마자 구입하는 분들도 많은 것 같은데, 나는 그런 적이 한 번도 없다. 전화기를 바꿀 때는 두 가지 경우 중 하나다. 잃어버렸거나, 작동이 잘 되지 않거나.

비싼 차를 타고 싶다고 생각한 적도 없다. 비싼 차는 커녕 차를 사고 싶다고 생각한 일 자체가 거의 없다. 음악으로 돈을 벌게 된 후로도 한참 동안 차를 사지 않았다. 없어도 아무런 불편을 느끼지 못했기 때문이다. 얼굴이 알려져 지하철이나 버스를 그전만큼 자유롭게 탈 수는 없게 됐지만, 대신 부담없이 택시를 탈 수 있을 정도의 돈은 생겼다. 택시만큼 편한 것도 없다. 적어도 내가 주로 다니는 수도권 안에서는 거의 언제 어디서나 이용할 수 있고 주차할 곳을 찾느라 스트레스를 받을 필요도 없다. 사실 버스와 지하철도 마스크 하나 쓰고 타면 문제될 것도 없다. 차를 사게 된 이유는 딱 하나, 연애 때문이었다. 여자친구를 사귀게 되면 사정이 좀 달라졌던 것이다. 차를 살 수 없는 형편이라면 모를까, 사려면 살 수 있는데도 사지 않아 데리러 가고 데려다주지 못하는 것이 미안하게 느껴졌다. 택시가 세상 편한 거야 내 입장이고, 아무래도 아직 여성들에게는 택시를 타기가 꺼림칙한 순간들이 있지 않나. 남의 눈에 띄고 싶지 않다는 생각도 있었다. 내가 전혀 알지 못하는 사람들이 내 연애에 대해 입방아를 찧는 일은 가능한 한 피하고 싶었다. 어쩔 수 없이 때로는 눈에 띄지 않게 데이트를 해야 했고, 그러자면 역시 차가 있어야 했다. 그러니까 나는 이를테면 겨울 속옷이나 전기밥솥을 살 때와 마찬가지로, 전적으로 '필요에 의해' 차를 사게 된 것이다. 물론 산 후에는 기대하지 못했던 즐거움을 이것저것 누리게 되었지만 말이다. 혼자 차를 몰며 음악을 듣는다든지, 드라이브스루로 커피를 사 마신다든지.

옷도 마찬가지다. 특정 브랜드의 옷을 많이 사거나 신상품을 체크하는 일은 전혀 없다. 옷은 그저 '적당히' 입으면 그만이다. 물론 이 '적당히'도 꽤나 어려운 것이기는 하다. 내가 생각하는 '적당히'의 기준을 말하자면, 너무 초라해서도 안 되고 너무 화려해서도 안 된다. 한마디로 어떤 방향으로든 과도하게 특징적이어서는 안 되는 것이다. 다른 사람들의 눈에 그저 나라는 사람이 보일 뿐 어떤 옷을 입었는지는 별로 신경쓰이지 않으면 좋겠다. "와, 옷을 굉장히 잘 입었네"도 "뭐야, 왜 옷을 저따위로 입지"도 아니었으면 하는 것이다. 그렇게 본다면 내게도 나름의 까다로운 기준이 있는 셈이니 옷에 아무런 관심이 없다고 하면 거짓말이겠지만, 어쨌든 특정한 옷을 꼭 사고 싶어지는 일이 잘 없는 것은 분명하다. 일단 옷을 사러 가는 일이 거의 없다. 생각해보니 올해 들어서는 순전히 옷을 사기 위해 외출한 적은 한 번도 없었다.

그나마 열심히 모았던 것이 있다면 음반이다. 시디는 중고등학교 때부터 모았다. '서태지와 아이들' '패닉' 등 당시 좋아했던 뮤지션들의 시디가 나오면 꼬박꼬박 샀다. 음악으로 돈을 벌게 된 후에는 시디를 사는 것이 더욱 즐거워졌다. 입문용이기는 해도 제대로 된 하이파이 오디오 시스템을 마련했고, 음악으로 돈을 전혀 못 벌던 시절에 어둠의 경로로 구해 들었던(죄송합니다) 음반들을 하나하나 시디로 사서 감상했다. 좋은 오디오 설비를 갖춘 한 바에서 바이닐 레코드로 틀어주는 음악을 제대로 들어본 후로는 시디 모으기를 중단하고 바이닐을 사들이기 시작했다. 그후로 몇 년간 바이닐을 모으는 데에 꽤 열을 올렸다. 하지만 비틀스, 토킹헤즈 등 내 머릿속에서 '고전'의 반열에 올라 있는 음반들을 거의 다 모은 뒤로는 급격히 흥미가 떨어져, 요즘은 거의 사지 않게 되었다. 무엇보다 지금은 우리집에서 시디나 바이닐을 들을 방법이 없다. 원래 살던 마포에서 파주로 이사할 때, 오디오 장비들을 가져오지 않은 것이다. 사실 팔아버릴 생각이었는데, 불경기라 여의치 않았다. 그래서 우리 소속사 대표의 신혼집에 맡겼다.

집에서 시디나 바이닐로 음악 듣기는 한동안 나의 좋은 취미였는데 갑자기 오디오 장비를 처분하기로 마음 먹은 것은, 나로서도 돌이켜보면 조금 의아할 때가 있다. 하지만 분명한 이유는 있었다. 집에서 음악을 별로 안 듣게 된 것이다. 앞에서 잠깐 말한 것처럼 차를 산 후로는 드라이브를 하며 음악 듣기를 즐기게 되었는데, 이사를 앞두고 그전 일이 년을 돌이켜보니 집에서보다 차를 몰며 음악을 듣는 일이 훨씬 많았던 것이다. 차에서 듣는 만큼도 듣지 않는다면 이런 비싼 장비가 내게 무슨 필요겠는가. 이것이 오디오 장비를 처분할 때의 내 생각이었다. 그럼에도 불구하고 워낙 아끼는 장비들이었으니 평소라면 그냥 가져왔을 법도 한데, 당시의 나는 책 한 권에 영향을 받아 더욱 과감한 결정을 내렸던 듯하다.

일본 작가 이나가키 에미코의 『그리고 생활은 계속된다』라는 산문이었다. 작가는 후쿠시마 원전 사고에 충격을 받아, 일본 전체 전력 생산량에서 원자력발전이 차지하는 만큼을 쓰지 않고 살아가겠다고 결심한다. 그리고 쓸모없는 물건을 하나하나 버리기 시작한다. 나중에는 대다수의 현대인으로서는 상상할 수 없을 만큼 적은 물건을 가지고도 행복한 삶을 영위할 수 있게 된다. 책을 읽으며 카타르시스를 느꼈다. 나는 종교가 없지만 누구나 하나씩의 종교를 꼭 가져야 한다면 망설임 없이 불교를 택할 것이다. 대학 시절 들었던 수업 중 재미있었다고 기억하는 것은 딱 두 개인데, 그중 하나가 '불교철학'이다. 쓸데없는 집착을 버리는 것이 좋다는 태도가 마음에 들었다. 십대 시절에는 나도 이것저것 사달라고 부모님을 조르는 아이였는데, 갑자기 그런 사상에 왜 흥미를 느끼게 되었는지는 잘 기억나지 않는다. 어쨌건 그후로는 뭐든 '인생에서 쓸데없는 무언가를 버렸다'는 유의 스토리를 접하면 기분이 좋아졌다. 내가 물건을 사는 데 관심이 적은 것도 비슷한 심리일 터다. 음악을 하는 데 있어서도 어느 순간부터는 내 작품에서 불필요한 요소를 빼기 위해 꽤나 노력해왔다. 그런 내게 이나가키 작가의 이야기는 크게 와닿을 수밖에 없었다. 그러다보니 책을 다 읽었을 때쯤에는, 그러니까 이사가 얼마 남지 않았던 시기에는, 잘 안 쓰는 물건을 없애야 한다는 생각이 평소보다도 더 강해지게 된 것이다.

오디오 외에도 많은 물건을 처분했는데, 옷은 절반 정도를 없앴다. 앞서 말했듯이 나는 옷을 별로 사지 않는다. 그러니 당연히 옷이 많지 않다. 아마 나 정도 인지도의 연예인 중에서 나만큼 옷이 없는 사람도 잘 없을 것이다. 그런데도 옷장을 들여다보니 한두 해 동안 한 번도 입지 않은 옷들이 넘쳐났다. 값이 얼마인지, 얼마나 새것인지와는 무관하게, 한동안 입지 않은 옷들은 모조리 내

다놓았다. 대부분 멀쩡한, 그리고 일부는 꽤나 값이 나가는 것들이었기 때문에 지인들에게도 많이 나눠주었다. 그리고 또 한 가지 없앤 것은, 양문형 냉장고였다.

없앴다기보다는 사지 않았다는 편이 정확하다. 원래 살던 아파트에는 양문형 냉장고가 딸려 있었다. 그리고 새로 이사하기로 한 집에는 양문형 냉장고를 설치할 수 있는 빈 공간이 있고, 그 옆에 조그마한 붙박이 간이 냉장고가 있었다. 그러니까 양문형 냉장고를 계속 사용하고 싶다면 새로 사야 하는 상황이었다. 하지만 그러지 않았다. 이나가키 작가는 전력 소비를 줄이기 위해 가전제품을 하나씩 버리다가 나중에는 냉장고까지 버렸다. 그리고 에도시대(대략 17~19세기)에는 냉장고가 없었다는 점에 착안해 티브이 사극에서 본 방식대로 음식을 보관했다. 절이거나 말리거나 해서 말이다. 책을 읽으면서 특히 재미있다고 생각한 부분 중 하나였다. 내 경우 그렇게까지 하는 것은 어렵겠지만, 그래도 작은 냉장고 하나로 버티는 정도는 해볼 만하다고 생각했다. 집 자체가 십 년쯤 된 것이라 붙박이 냉장고 역시 요즘의 모델과는 여러모로 거리가 먼 구형이었고 크기도 원래 사용하던 양문형 냉장고의 절반밖에 되지 않았지만, 나름 냉장실과 냉동실이 구분되어 있고(너무 당연한가) 온도 조절도 할 수 있게 되어 있었다(이것도?). 식재료 또한 최소한으로만 사다 놓고 먹기로 결심한 터였기 때문에 작은 용량도 별문제 되지 않는다고 판단하고, 과감히 양문형 냉장고를 포기했다. 두어 달 살아보니 역시나 간이 냉장고만으로도 괜찮았다. 설정 온도에 비해 조금 덜 차갑다는 느낌은 있었지만 대세에 지장이 없는 수준이었다. 여름에는 내부 천장에 물방울이 맺혔고, 냉장실 맨 위 칸에 채소를 두었더니 살얼음이 끼는 일도 있었지만, 살아가는 데 지장이 없으니 괜찮다고 생각했다. 왠지는 모르나 냉동실의 문이 완전히 열리지 않아 그 안에 있는 서랍을 여닫는 것도 쉽지 않았지만, 어쨌든 뭔가를 넣어놓으면 얼긴 어니까 상관없다고 생각했다. 다만 냉동실을 사용하는 일은 점점 줄어들었다.

그러던 어느 날 충격적인 사건이 벌어졌다. 한참 밖에 나갔다 들어왔는데 냉동실 문이 열려 있는 것이었다. 닫아도 금방 다시 열렸다. 그후로 다시는 문이 제대로 닫히지 않았다. 커다란 테이프를 붙여 고정시켜놓는 수밖에 없었다. 안 그래도 잘 안 쓰던 냉동실을 아예 안 쓰게 되었다. 더이상은 참을 수가 없었다. 결국, 새 양문형 냉장고를 주문했다.

역시 나는 이나가키 에미코 작가처럼 훌륭한 사람은 될 수 없는 것인가, 라는 생각에 좌절을…… 하는 일은 사실 없고 요즘은 그저 행복할 따름이다. 냉장고가 이토록 삶의 질을 높여줄 수 있는 물건이라는 사실을 나는 처음 알았다. 집에 늘 제대로 된 냉장고가 있었던 사람은 절대로 이런 행복을 느끼지 못할 것이다. 내 냉장고는 양문형 중에서는 대단한 모델은 아니다. 가격도 가장 싼 편에 속한다. 요즘은 포 도어 방식도 많이 나오는 모양인데, 내 것은 말 그대로 '양문형', 투 도어다. 오른쪽은 냉장실, 왼쪽은 냉동실, 그뿐이다. 은색에 민무늬. 일단 외관상 거슬리는 점이 전혀 없다. 그리고 무엇보다, 말하기도 좀 그렇지만, 냉장이 아주 잘된다. 늘 머리가 띵할 정도로 차가운 맥주를 마실 수 있다. 무엇을 어디에다 놓든 살얼음이 낀다거나 하는 일은 없다. 모든 칸의 온도가 일정하기 때문이다. 무엇보다 감동적인 것은 냉동실을 자유롭게 이용할 수 있다는 점이다. 편의점에서 막 사 온 맥주를 바로 마시고 싶지만 충분히 차갑지 않을 때도 걱정 없다. 냉동실에 잠시 넣어두면 그만이다. 손을 씻고 옷을 갈아입는 정도의 시간만 지나면 충분히 낮은 온도가 된다. 그뿐인가. 잔도 같이 넣어둘 수 있다. 하얗게 서리가 낀 잔에 적당한 거품이 일게 따른 캔맥주 한 잔이면 특급 호텔 바에서 마시는 생맥주도 부럽지 않다. 당연하지만, 음식을 얼릴 수 있다는 것도 크나큰 행복이다. 냉장고를 새로 사고 나서, 이 집에서는 처음으로 식빵을 샀다. 혼자 사는 입장에서 식빵 한 봉지를 다 먹는 것은 결코 쉽지 않다. 빵을 매우 좋아해서 하루 세끼를 내리 먹을 수 있는 사람이라면 또 모르지만, 내 경우에는 많이 먹어봐야 이삼 일에 한쪽이다. 그마저도 모든 식사를 집에서 할 때 얘기고, 하루이틀 밖에도 나가고 하다보면 금세 빵에 곰팡이가 핀다. 그러나 믿음직한 냉동실을 가지고 있다면 얘기는 전혀 달라진다. 지금 내 냉동실 안에는 한 달 하고도 일주일 전에 산 식빵이 삼분의 일쯤 남아 있다. 삼사 일 전에도 한쪽을 꺼내 토스터에 구워 먹었는데 사오자마자 먹었던 맛과 별다른 차이가 없었다. 아마 다음 달에도 큰 문제는 없지 않을까. 방금은 모바일 앱으로 주문한 돌얼음을 배달받아 냉동실에 넣었다. 최근 무라카미 하루키의 『1Q84』를 읽기 시작했는데, 방금 받은 얼음을 하나 꺼내 잔에 담고 거기에 위스키를 조르륵 부어 책을 읽으며 마실 생각을 하니 매우 설렌다. 하루키의 소설에는 위스키를 마시는 장면이 많아서, 작중인물처럼 위스키 온더록스를 한 잔 놓고 읽으면 신나는 기분이 된다.

물건에 대해서든 사람에 대해서든, 그 밖의 무엇에 대해서든, 욕심을 하나하나 줄여나가다가 인생의 마지막 순간에 생명에 대한 욕심마저 딱 버리고 죽으면 정말로 멋진 삶이겠다는 생각을 종종 한다. 그런데 고작(이라고 하기에는 요즘 너무 고마워서 미안하지만) 냉장고 정도를 이렇게 좋아하는 걸 보면 나는 아직 한참 멀었다. 하지만 그건 또 어찌 보면 만수무강할 명분(?)이 있다는 뜻도 되니 나쁠 것 없다. 버릴 욕심이 많이 남았으니 오랫동안 보람 있게 살 수 있지 않겠나. 음, 억지이려나. 한편으로는 또 좀 다행스럽다는 생각도 있다. 어떤 물건에 큰 애착을 가지는 이들을 보면 부럽기도 했었다. 집착을 버리는 게 바람직하다는 생각에는 변함이 없지만, 사실 무언가를 많이 좋아할 수 있다는 건 아무튼 행복한 일 아닌가. 내 경우에는 그런 대상이 너무 적어서 좀 심심할 때도 있었고,

때로는 나 자신의 어딘가가 조금 고장난 게 아닌가 싶기도 했었다. 하지만 냉동실 안의 식빵을 보며 뿌듯해하는 걸 보면 확실히 고장은 아니다. 슬슬 배가 고파진다. 냉동 물만두에 맥주나 한잔해야겠다.

흰
쌀
밥
과

기분

'흰쌀밥은 몸에 안 좋다.' 이 말을 못 들어본 사람은 아마 드물 것이다. 십수 년 전만 해도 아무도 그런 말을 하지 않았다. 그런데 언젠가부터는 많은 사람들이 일종의 정설로 받아들이고 있는 듯하다. 이 상황은 내게는 이런 느낌이다. 오랫동안 사귀어온 친구가 하나 있다. 나와 개인적인 친분이 두터울 뿐 아니라 다른 이들에게도 두루 신망을 얻어왔다. 그런데 어느 날부터인가 사람들이 그 친구를 욕하기 시작했다. 아무도 모르고 있었지만 사실 그 친구는 태생적으로 악질적인 데가 있기 때문에 우리 모두 되도록 멀리해야 한다고 말이다. 물론 오래 사귄 친구라고 해서 악질적이지 말라는 법은 없다. 그리고 그 친구에게 내가 몰랐던 면이 없으리라는 보장도 없다. 하지만 어찌됐건 오랜 친구에 대한 험담을 듣고 유쾌하기는 어려운 일이다.

　어린 시절, 우리 어머니는 매일 흰쌀밥을 지어주셨다. 완두콩이나 조, 기장 등을 조금씩 섞어주시는 일도 있었지만 그런 경우에도 흰쌀의 비율이 압도적으로 높았다. 현미를 먹었던 기억은 없다. 아마 십대 때까지는 현미의 존재 자체도 잘 몰랐던 것 같다. 그리고 나는 늘 그 흰쌀밥을 아주 잘 먹었다. 한끼에 두세 그릇씩 먹는 일도 많았다. 그러면서 별문제 없이 잘 컸다. 병치레가 아예 없었던 것은 아니지만, 대체로 무탈하게 잘 지냈다. 너무잘 먹은 탓에 좀 뚱뚱하긴 했지만(나는 태어나서 군 입대 때까지 늘 과체중이었다), 그 때문에 건강에 문제가 생긴 적은없다. 가끔 친구들이 돼지라고 놀리면 약간 불쾌했지만, 그저 그뿐이었다. 살이 쪄서 몸이 안 좋아진다든지 하는일은 없었다. 어른이 되고 나서는, 특히 혼자 살기 시작한 뒤로는 현미밥이나 잡곡밥을 지어 먹는 일도 많아졌다. 하지만 흰쌀밥을 아예 끊어본 적은 없다. 아마도 살면서 가장 꾸준히 먹어온 음식일 것이다. 방금 전에도 흰쌀밥을 지어 점심을 먹었다. 갓 지은 밥에 그 쌀뜨물로끓인 된장국, 동그랑땡, 김, 총각김치를 곁들여 먹었다. 만족스러운 식사였다. 맛도 있었고 소화가 되는 느낌도따뜻하고 편안했다. 한마디로, 나는 여태껏 흰쌀밥이 나쁘다고 느껴본 적이 없다.

따라서 흰쌀밥이 몸에 안 좋다는 얘기는 새빨간 거짓말임이 분명하다, 라고 주장할 생각은 물론 없다. 나 한명이 괜찮았다는 것만으로는 아무런 단언도 할 수 없는 일이니 말이다. 다른 이들의 인생에 흰쌀밥이 어떤 영향을 미치고 있는지 나는 알 수 없다. 어쩌면 내가 특이체질인지도 모른다. 주변 사람들보다 술을 잘 마시는 것처럼, 흰쌀밥에 들어 있는 나쁜 물질(만일 그런 게 있다면)을 남달리 잘 분해하도록 타고났는지도 모른다. 만약 그렇다 해도 흰쌀밥 위주의 식습관은 그동안 꾸준히 내 몸을 좀먹어왔고, 앞으로도 그럴 것이며, 그 정도가 임계치에 다다르는 순간 마치 시한폭탄이 터지듯 내 건강을 단번에 망쳐버린다, 나는 생각한다, 아, 나는 왜 이것을 내다보지 못하고 그동안 흰쌀밥을 그토록 많이 먹은 것인가, 하지만 후회해도 이미 늦었다, 뭐 이런 시나리오가 펼쳐지지 않으리라는 법도 없다. 인생이란 아무튼 전혀 예상치 못한 일들의 연속이니 말이다.

하지만 어쨌든 나는 흰쌀밥을 멀리할 생각이 없다. 몸에 안 좋다는 혐의를 받고 있는 음식을 남들에게 권할 필요까지는 없겠지만, 적어도 나는 앞으로도 꾸준히 먹게 될 듯하다. 이유는 한 가지다. 먹으면 기분이 좋기 때문이다. 언젠가부터 '기분 탓'이라는 말을 쓰는 이들이 많아졌다. 나도 종종 쓴다. 기분이란 주관적이고 불명확해서 이런저런 일들에 대한 정확한 판단을 방해한다는 의미로들 쓰는 듯하다. 예를 들어, 만약 내가 "나는 적어도 하루에 한끼는 흰쌀밥으로 먹어야 힘이 나"라고 말한다면, 흰쌀밥이 건강에 안 좋다고 굳게 믿는 친구는 이렇게 말할 것이다. "기분 탓이야." 이 표현이 널리 쓰이고 있다는 것은, 아마도 많은 이들이 이 '기분'을 좀 하찮게 여기고 있다는 뜻일 터다. 하지만 나는 기분만큼 믿을 만한 것도 없다고 생각한다. 스스로의 기분이 어떤지를 잘 살피는 일이 행복에 이르는 지름길이라고 여긴다. 그리고 무엇보다, 인생에서 좋은 기분보다 중요한 것은 별로 없다고 생각한다.

음식에 국한시켜 이야기하자면, 기분대로 먹으면 건강도 챙길 수 있다는 게 내 생각이다. 말도 안 된다고 얘기하고 싶은 분들도 꽤 많을 것이다. 건강을 위해서라면 아무래도 기분 내키는 대로 먹는 일은 삼가야 하지 않겠느냐, 기분 좋으려고 매일매일 치킨, 피자, 삼겹살, 아이스크림을 닥치는 대로 먹는다면 몸이 어떻게 되겠느냐고 말이다. 하지만 그런 음식을 매일매일 먹으면 정말로 기분이 좋은가? 그렇다고 이야기하는 이도 있을지 모르나, 적어도 나는 그렇지 않다. 예를 들어, 나는 양념치킨을 좋아하긴 하지만 자주 먹지는 않는다. 먹는 동안에는 기가 막히게 맛있지만, 먹고 나면 여지없이 기분이 안 좋아지기 때문이다. 일단 아주 무겁게 배가 부르다. 같은 양의 두부부침이나 생선구이를 먹고 배가 부른 것과는 전혀 다른 느낌이다. 그리고 평소와는 비교할 수 없을 정도로 심하게 목이 말라 계속 물을 마시게 된다. 이미 꽉 찬 배에 많은 양의 물까지 채워넣어야 하는 상황은 즐겁기 어렵다. 이 모든 상황이 적어도 한두 시간은 지속된다는 것 역시 곤란한 점이다. 물론 이것은 요즘의 일이다. 이십 년 전에는 양념치킨을 먹고 나서 괴롭다고 말하는 사람들을 전혀 이해하지 못했다. 그때는 내게 양념치킨을 먹는 것은 순수하게 즐거운 일이었다. 그래서 지금보다 훨씬 많이 먹었다. 그때의 나는 그래도 되는 사람이었던 것이다. 하지만 지금의 나는 다르다. 양념치킨 자주 먹기를 여유 있게 감당할 수 있는 사람이 아니다. 나의 '기분'이 양념치킨을 줄여야 한다고 말하고 있고, 나는 '기분'대로 그렇게 하고 있으며, 결과적으로 대략 건강한 '기분'을 느끼며 살아가고 있는 것이다.

양념치킨과는 달리 흰쌀밥은 먹는 도중에도 기분이 좋고 먹은 후에도 마찬가지이니 안 먹을 이유가 없다. 아마 흰쌀밥이 몸에 안 좋다는 주장을 뒷받침하는 과학적 연구결과들도 꽤 있을 것이다. 그러지 않고서야 그 말이 그토록 널리 퍼졌을 리 없다. 그런데 사실 나는 과학적 연구결과들이 내 기분에 비해 대단히 우월하다고는 생각지 않는다. 적어도 내 건강에 있어서만은 말이다. 과학자들의 말 따위 무시해버리겠다는 이야기는 물론 아니다. 다만 과학이라고 해서 다 곧이곧대로 믿을 필요는 없다는 것이다. 돈을 대는 사람이 득을 보는 방향으로 진행되는 연구들도 얼마든지 있다. 서로 전혀 반대되는 결과를 낳는 연구들도 많다. 그리고 무엇보다, 이 세상에는 셀 수 없을 만큼 많은 연구결과가 쏟아져나오고 있다. 그중 내가 접하게 되는 것은 극히 일부인데 왜 하필 그 몇 가지만 접하게 되는지, 알 수 없는 일이다. 그리고 제아무리 훌륭한 연구결과라 해도 모든 사람에게 빠짐없이 적용되기는 어렵다. 그것은 단순히, 모든 사람을 빠짐없이 연구하기란 불가능하기 때문이다. 이런 이유들 때문에 나는 어떤 연구결과에 따르면 어떤 음식이 몸에 좋다더라, 혹은 나쁘다더라 하는 이야기를 들어도 일단 판단을 미루는 편이다. 그 음식을 먹으면 내 기분이 어떤지 알아보는 것이 먼저다.

점심에 먹은 밥은 이미 소화가 다 됐다. 아까부터 배가 고팠지만 일단 이 글부터 마무리하고 싶어서 식사는 좀 미루고 있다. 괜찮다. 아직은 짜증이 날 정도의 허기는 아니다. 오히려 저녁밥에 대한 기대감이 커져 즐겁다. 지금은 12월 초다. 조금 전에 난방 전원을 켰지만 아직은 방이 서늘하다. 손발이 차갑다. 물을 끓여 메밀차를 한잔 타 왔다. 머그컵을 조심스레 감싸니 손부터 녹는다. 후후 불며 한 모금씩 마시니 몸도 조금씩 따뜻해진다. 저녁으로는 무엇을 먹을까. 밥솥에는 낮에 지은 흰쌀밥이 남아 있다. 보온 기능은 꺼두었다. 가끔은 식은밥을 먹고 싶을 때가 있기 때문이다. 하지만 지금은 그러고 싶지 않다. 아무래도 전자레인지에 다시 데워서 먹어야겠다. 반찬은 뭘로 할까. 맥주도 한잔할까. 기분 좋은 저녁이 될 듯하다.

아
무
것
도

안 하기

오늘은 2019년 12월 24일, 크리스마스이브다. 이번 크리스마스에는 조금 특별한 계획을 세웠다. 아무것도 안 하기로 한 것이다. 오늘과 내일 이틀 동안, 나는 집에 가만히 있을 것이다. 집밖으로 한 발짝도 나가지 않을 것이다. 어제 아는 동생에게 오랜만에 안부 전화가 왔다. 크리스마스에 무얼 할 계획이냐고 묻는 그에게 나는 솔직하게 말했다. 어느 정도 예상한 바지만 그는 왜 크리스마스에 '외롭게' 혼자 보내겠다는 거냐고 되물어왔다. 아마 크리스마스에 아무도 만나지 않고 홀로 보내는 사람에 대해 외롭겠다고, 혹은 안됐다고 생각하는 사람이 적지 않을 것이다. 의도치 않게 집에만 있게 된 경우, 자신의 처지를 처량히 여기는 이들도 꽤 많을 것이다. 하지만 나는 진심으로 괜찮다. 아니, 아주 좋다. 이것은 내가 나 자신에게 주는 크리스마스 선물이다. 나는 기본적으로 아무것도 안 하기를 아주 좋아하기 때문이다. 물론 뭔가 재미있는 걸 하면서 역동적인 즐거움을 느끼는 것도 좋아하지만, 그 누구의 방해도 받지 않고 집에 가만히 있기 역시 내 삶의 원동력 중 하나다.

아무것도 안 하기, 사실 어려운 일이다. 밖에 나가지

않고 집에 혼자 있는다고 해서 아무것도 안 하는 게 쉬운 일은 아니다. 작정하고 휴일을 만들어 쉬어본 사람이라면 누구나 경험해봤을 것이다. 모르는 사이에 '뭐라도' 하고 있는 나 자신을 발견하는 것 말이다. 사실 엄밀히 말하면 진정한 의미에서 아무것도 안 하는 방법은 죽는 것뿐일 테다. 생명을 유지하면서 심장이나 폐를 움직이지 않을 수는 없는 노릇이니 말이다. 물론 뇌를 포함한 다른 부위들도 마찬가지다. 피가 흐르는 한 아예 활동을 멈추기란 불가능하다. 하지만 그렇게까지 까다로운 조건을 내걸지만 않는다면, 어느 정도는 가능하다. 내가 정의하는 '아무것도 하지 않는 상태'란 밖으로부터 오는 자극과 안으로부터 솟는 의지, 이 두 가지를 느끼지 못하는 상태를 말한다. 내가 뭔가를 보거나 듣고 있다 해도 그것이 머리에 들어오지 않는다. 그리고 그 무엇을 해야겠다는 생각도 들지 않는다. 그런 상태가 되면 내 안에 있는 것이든 밖에 있는 것이든, 그 무엇과도 교류하지 않게 된다. 내 뇌는 마치 텔레비전처럼 내 의지와 관계없이 이 장면 저 장면을 이어나가고, 내가 인식하는 것은 오직 그것뿐이다. 장황하게 설명했지만, 시쳇말로 '멍때리는' 상태란 얘기다.

내가 이런 상태를 좋아하는 것은 무엇보다 그 자체로 기분이 좋아서지만, 그렇게 아무것도 안 하고 있을 때 창작이 이루어지는 경우가 많기 때문이기도 하다. 〈싸구려 커피〉의 중간 랩(이라고 나는 부르는) 부분을 만들 때 나는 정확히 그런 상태였다. 참 생생한 기억이다.

군인이었던 나는 휴가를 나와 군산에서 서울로 올라가는 버스에 앉아 있었다. 〈싸구려 커피〉의 노래 부분은 일 년여 전에 만들어놓고 있었다. 원래는 중간 부분에 기타 솔로 정도를 넣을 셈이었다. 그런데 그 휴가로부터 얼마 전, 그 부분에 입말에 가까운 무언가를 넣으면 훨씬 재밌겠다는 생각이 든 것이다. 버스 창밖으로는 부슬부슬 비가 내리고 있었고, 무심히 그걸 바라보다가 이윽고 내가 보고 있다는 사실마저 잊어버리게 되었다. 그야말로 멍한 상태였다. 나도 모르는 사이에 이런저런 단어들이 알아서 모여들었고 각기 이 박자 저 박자에 달라붙어 가사가 되어갔다. 마치 애니메이션 〈판타지아〉에서 마법사가 잠든 동안 빗자루들이 알아서 물을 길어 오는 것처럼, 그 어휘들은 내 의지와는 어느 정도 거리를 두고 움직였다. 그리고 그 과정은 서른두 마디가 모두 완성될 때까지 멈추지 않았다.

　그후로 오늘에 이르기까지 나는 그 일을 내 창작의 모
범 사례로 삼고 있다. 무엇보다 그 경험 자체가 즐거웠
다. 결과물이 마음에 들기도 했다. 반응도 좋았다. 그날
만든 그 부분이 결과적으로 장기하라는 싱어송라이터의
정체성을 만드는 데 결정적인 역할을 했다고 생각한다.
여러모로 나의 창작자로서의 삶에 있어 어떤 중요한 원
형이 되어준 사건인 것이다. 이후로도 정도의 차이는 있
을지언정 새로운 작곡은 늘 그와 비슷한 상태일 때 시작
됐다. 그래서 꾸준히 그 상태를 추구해왔고, 앞으로도 아
마 그럴 것이다. 다만 아무것도 하지 않는 상태라는 것
은, '추구'하기에는 그다지 적합한 대상이 아니다. 추구한
다는 건 어떻게든 '노력'을 한다는 뜻인데, 노력이란 아무
래도 아무것도 안 하는 것과는 상극이지 않나. 한마디로,
나는 바라면 바랄수록 멀어지는 것을 바라온 것이다. 그
래서인지, 나는 아무것도 안 해도 '상관없다'고 생각하는
버릇을 갖게 됐다. 아무것도 안 하고 '싶다'든지 아무것도
안 해야 '된다'고 생각하면 상황은 점점 불리해진다. 아무
것도 안 해도 상관없고, 또 뭔가를 해도 상관없다고 생각

하는 것이 그나마 낫다. 오늘도 점심을 차려 먹은 후에는 아무것도 안 해도 상관없다고 생각했다. 그리고 가만히 누워 있었다. 잠이 들락 말락 하는 새에 모바일로 장을 본 물건들이 도착했다. 냉장고에 정리를 해두고 나니 뭔가 써야겠다는 생각이 들었다. 이 책을 쓰기 시작한 후에 계속 느끼는 것이지만 곡이나 글이나 아무것도 안 할수록 잘 써진다는 점에서는 다를 바가 없다.

아무것도 안 하는 데 가장 큰 방해물은 역시 스마트폰이다. 집에 가만히 있다보면 '뭐라도' 하게 된다고 앞서 얘기했는데, 그 '뭐라도' 중 절반 이상은 물론 스마트폰을 들여다보는 일이다. 멍하니 있다가도 나도 모르게 인스타그램이나 유튜브를 들여다보고 있는 것이다. 그나마 인스타그램은 금방 닫게 된다. 습관적으로 열어보게 되기는 하지만 금세 재미가 없어진다. 하지만 유튜브는 다르다. 한두 해 전까지도 그렇지 않았는데, 요즘은 유튜브 콘텐츠의 종류가 그야말로 무궁무진하다. 거의 도깨비방망이 수준이다. '이런 것도 있을까?' 하고 찾아보면 없는 경우가 없다. 물론 '이런 것도 있을까?'라는 생각을 할 만큼의 여지가 있는 때는 잘 없다. 그전에 내 손은 이미 추천 동영상을 누르고 있기 때문이다. 그저 멍하니 스마트폰을 들여다보는 것도 아무것도 안 하는 것이나 마찬가지 아니냐고 물을지 모르나, 적어도 나에게 있어서는 확실히 그렇지 않다. 아무것도 안 하고 있을 때는, 흙탕물이 서서히 흙과 물로 분리되듯 시끄러운 생각들이 점차 가라앉고 하고 싶은 바가 뚜렷해진다. 하지만 스마트폰을 보다가 그런 일이 일어난 적은 아직 없다. 대신 뇌의 한 근육이 미세하게, 하지만 지속적으로 시달리는 기분이다. 회복과 피로가 불균형하게 뒤섞이는 느낌이랄까.

생각해보면 아무것도 안 하기란 누구에게든 점점 더 어려워지고 있는 듯하다. 휴가를 나와 서울행 버스 안에서 〈싸구려 커피〉의 중간 부분을 만든 것은 2007년의 일이다. 아이폰이 처음으로 출시된 해였다. 스마트폰이 지금의 전기자동차만큼도 상용화되기 전이다. 당연히 내가 탄 버스 안에서 스마트폰을 들여다보고 있는 사람은 아무도 없었다. 그리고 그와는 별개로 당시에는 의무 복무를 하는 병사들이 휴대폰을 소지하는 일 자체가 금지되어 있었기 때문에 나는 들여다볼 것이라고는 아무것도 가지고 있지 않았다. 마침 책이나 신문도 없었다. 그래서 비교적 쉽게 아무것도 안 할 수 있었다. 스마트폰을 포함한 모바일 기술의 발달로 인해 세상은 점점 더 병들어가고 있다, 고 말할 생각은 물론 없다. 지난 십 년간 일어난 눈부신 발전의 열매들을, 같은 시대를 살아가는 다른 이들과 마찬가지로 나 역시 달게 누리고 있다. 하지만 결국 세상에 공짜는 없는 것이다. 아무것도 안 하기는 확실히 더 어려운 일이 되었고, 이는 분명 열매의 대가들 중 하나다. 특히 나 같은 사람에게는 결코 작지 않은 대가다.

어찌됐건 모바일 시대에 대한 불평은 그다지 쓸모 있는 것도 아니니, 나는 그저 그때그때 상황에 맞춰 아무것도 안 하기 위해 노력(하지 않기 위해 노력)할 뿐이다. 진정한 의미에서 아무것도 안 하는 것은 죽음뿐이라고 앞서 말했는데, 실제로 나는 아무것도 안 하는 능력이 절정에 달했을 때 죽음을 맞이하면 멋진 마무리가 아닐까 생각하곤 한다. 아무것도 안 하는 상태가 된다, 흙탕물의 흙이 점점 가라앉아 투명한 물이 드러난다, 그런데 그전과는 달리 하고 싶은 게 아무것도 떠오르지 않는다, 그 순간 호흡이 멈춘다. 아, 그렇게 죽을 수 있다면 얼마나 좋을까. 아, 잠깐. 친한 친구에게 전화가 걸려왔다. 크리스마스이브인데 뭐하냐는 전화다. 지금은 글을 쓰고 있고 오늘과 내일은 집에 가만히 있을 작정이라고 말하고 끊긴 했는데…… 나가서 놀고 싶다…… 에이, 다시 전화해서 나가겠다고 해야겠다. 하하.

새
해,

육
아,

반려자

해가 바뀌었고 나는 우리 나이로 서른아홉 살이 되었다. 아마 내 친구들이 이 이야기를 들으면 코웃음을 치며 말할 것이다. "참 나, 네가 무슨 서른아홉이야? 마흔이지." 나는 2월생이기 때문에 학교 학년으로 따졌을 때 동년배인 친구들은 거의 모두 마흔이 된 것이다. 하지만 1, 2월생들이 학교에 한 해 일찍 입학하는 제도가 사라진 지도 오래고, 나는 3월 이후에 태어난 82년생들과 말을 놓은 경우도 많으며, 네이버 양음력 변환기로 확인해봐도 명백한 개띠이고…… 뭐 이렇게 따지고 싶은 생각은 없다. 서른아홉이라 해도 상관없고 마흔이라 해도 상관없다. 어떻게 말하든 살아온 시간이 변하지는 않는다. 어쨌든 이제 아무리 너그러이 봐준다 해도 결코 적은 나이라고 말할 수 없다는 것만은 분명하다. 그것을 체감할수 있게 해주는 일들도 꽤 많은데, 그중 하나가 아이를 기르는 동년배 친구들이 많아졌다는 점이다. 한 친구의 딸은 갓난아기 때부터 가끔 봐왔는데 이제는 초등학교 입학을 앞두고 있다. 몇 달 전에도 만났는데 이 녀석은 이제 어린이라기보다는 젊은이라고 봐야 하지 않을까 싶었다. 대화가 충분히 가능한 것은 둘째치고, 이삼십대의 사람들과는 비교가 되지 않는 엄청난 활력을 가지고 있어서 몇 시간 동안 지치지도 않고 온 사방을 뛰어다니며 고래고래 소리를 지른다. 생명이라는 개념을 시각적인 형태로 정의한다면 정확히 그런 모습일 거라고 생각했다. 내 친구는 그런 '생명의 정의'와 함께 사는 것뿐 아니라 심지어 그를 '키우고' 있는 것이다. 나로서는 상상도 되지 않는 일이다. 진심으로 대단하다고 생각한다.

나는 아직까지는 아이를 낳아 기르고 싶은 생각이 없다. 일단 내가 그럴 만한 자격이 있는지 잘 모르겠다. 한 생명을 책임지는 일을 오랫동안 제대로 해낼 자신이 없다. 사실 나는 같은 이유로 반려동물도 들이지 않는다. 식물도 키우지 않는다. 우리집에 상주하는 존재들 중 생명을 가진 것은 나뿐이다. 나는 때때로 나 자신을 제대로 건사하는 일에도 휘청휘청하는 사람이다. 숨쉬는 누군가를 내 품에 맡는 순간 민폐를 끼치지 않을 도리는 없을 것 같다. 이런 이야기를 하면 이미 아이를 낳아 키우고 있는 친구들은 보통 이렇게 말한다. "나는 뭐 자격이 있어서 낳았냐? 낳고 나면 어찌어찌 돼." 물론 그것은 이미 알고 있다. 어찌어찌 낳아 어찌어찌 키우고 있는 이들이라면 많이 보았기 때문이다. 그리고 꼭 아이를 키우는

67

일이 아니더라도, 삶이라는 것은 대체로 어찌어찌 되어
갈 뿐이다. 하지만 뭐랄까, 아이가 없는 지금은 그 어찌
어찌 흘러가는 물결 속에서 어푸어푸 헤엄이라도 쳐볼
수 있는 반면, 아이를 낳게 되면 집채만한 파도에 가만히
몸을 내맡겨 휩쓸려가는 것 외에는 선택지가 없을 것만
같다. 한마디로, 나는 아버지로서의 의무 때문에 나의 자
유를 양보할 생각이 아직은 없는 것이다. 이기적이라는
말을 듣는다 해도 변명의 여지는 없다. 하지만 세상에는
한 인간으로서의 자유와 부모라는 타이틀을 모두 거머
쥐려다 주변 사람들에게(특히 자신의 자녀에게) 큰 상처를
주는 이들도 얼마든지 있다. 그 대열에 동참하는 것만은
피하고 싶다. 부모는 자녀에게 헌신해야 한다. 헌신할 생
각이 없다면 낳지 않는 것이 낫다. 그리고 나는 아직 헌
신할 생각이 없다. 헌신하는 이들에 대한 존경심은 가지
고 있다. 내가 못하는 것이니 더더욱 그렇다. 하지만 그
와는 별개로, 지금의 내 삶은 헌신과는 잘 맞지 않는다고
생각한다.

  아이를 낳아야 어른이 된다는 말을 들어보지 않은 사
람은 아마 없을 것이다. 그 말이 맞다면 지금 나는 아직

어른이 되지 못한 것이다. 아무리 너그러이 봐줘도 적은 나이라고 말할 수 없다는 것과는 별개로 말이다. 지금의 내 삶이 헌신과는 거리가 먼 것도, 그래서 아이를 키울 자격이 없는 것도, 무엇보다 아직 아이를 낳지 않았기 때문이다. 아이를 낳고 나면 매일같이 한 생명을 책임지는 훈련을 하게 될 테고, 그 훈련에 성실히 임한다면 아마 나도 조금씩 헌신할 수 있는 사람이 되어갈 것이다. 그렇게 살다보면 어느 순간 지금과는 조금 다른, 좀더 성장한 내가 되어 있을 것이다. 상상해보면 아주 자연스러운 흐름이다. 잘만 한다면 아마 십중팔구 그렇게 될 거라고 생각한다. 하지만 어른이 되는 길이 꼭 그것뿐인지, 그것에 대해서는 의문이다. 한 인간으로서 성장하는 방법이 꼭 육아를 하는 것뿐인지, 육아를 택하지 않거나 뜻하지 않게 포기하게 된 이들은 인간으로서 반쪽짜리 성장만을 하게 되는 것인지, 거기에 대해서는 잘 모르겠다.

군복무 초기에 겪었던 일 중 기억에 남는 것이 하나 있다. 나는 남들보다 군대를 늦게 간 편이었기 때문에 함께 복무한 이들 중 대부분이 나보다 어렸다. 나보다 이십 일 정도 먼저 입대했고 나이는 나보다 다섯 살쯤 어렸던 선임병이 내게 이런 말을 했다. "야, 군대는 무조건 일찍 오는 게 좋은 거야." 나는 아연해질 수밖에 없었다. 본인 역시 군 생활을 막 시작하는 단계였다는 점은 둘째치고라도, 전역 후 스스로의 인생에 벌어질 일을 전혀 알지 못한다는 것을 차치하고라도, 무엇보다 그는 나처럼 군대에 늦게 와본 적이 없지 않나. 심지어 죽을 때까지 경험해보지 못할 것이 확실하지 않나. 그런데 어느 쪽이 더 좋은지 도대체 어떻게 안다는 말인가. 물론 어린 나이에 생각나는 대로 대충 말했을 뿐인 그에게 이제 와서 굳이 뭐라고 하고 싶은 마음은 없다. 다만 나는 그후에도 그런 유의 이해하기 어려운 이야기들을 들을 기회가 많았다. 그중 하나가 아이를 낳아야만 어른이 된다는 말이다.

아이 없이 살아가는 이들은 어린 생명을 키우는 보람을 느낄 기회를 얻지 못한다. 그러면서 인간으로서 얻을 수 있는 성장도 말이다. 값진 것들이다. 분명 아이를 키워보지 않고서는 죽을 때까지 알 수 없는 귀한 경험일 터이다. 하지만 반대도 마찬가지다. 육아의 길을 택한 사람들은 그러지 않고 살아가는 이들이 하는 경험을 하지 못한다. 아이가 없는 이들의 인생에는 한 명 혹은 두세 명의 인간에 대한 집중적인 헌신이 빠져 있지만, 그 자리는 언제까지고 텅 비어 있는 것이 아니다. 직업이 채우기도 하고, 종교가 채우기도 하며, 더 다양한 이들과의 인간관계가 채우기도 한다. 반려자와의 더욱 깊은 사랑이 채울지도 모르고, 쉽게 상상하기 어려운 진기한 모험이 채울지도 모르는 일이다. 어떤 이들은 뜻하지 않게 인생의 큰 파도에 휩쓸려 육아의 기회를 잃었을 것이고, 다른 이들은 적극적으로 육아보다 더 보람 있는 일을 찾아나갔을 것이다. 하지만 둘 중 어느 쪽이든, 분명 한 인간으로서의 꾸준한 성장 없이는 제대로 갈 수 없는 길을 걸어야만 했을 터이다. 그리고 그런 삶이 어떤 것인지, 아이를 낳아 기르는 이들은 죽을 때까지 알지 못할 것이다.

물론 내가 평생을 자녀 없이 살게 될지, 어느 순간 자녀를 낳아 기르게 될지는 알 수 없는 일이다. 어디까지나 '지금으로서는' 자녀에 대한 생각이 없다는 얘기다. 앞으로 그 생각은 얼마든지 바뀔 수 있다. 어쩌면 내 생각이 바뀌건 말건, 그건 그리 중요하지 않은지도 모른다. 삶은 결코 생각한 대로만 흘러가지 않기 때문이다. 앞으로 살아가면서 나는 아마도 이따금 새로운 사람들을 만나게 될 텐데, 그중 내 아이가 있을 수도 있고 없을 수도 있다. 그 정도로 생각하고 있다. 만약 만나게 된다면, 그때는 내 몫을 제대로 하기 위해 노력하는 것 외에는 방법이 없을 것이다. 지금으로서는 엄두가 나지 않는 헌신이라는 것을 하기 위해 최선을 다하는 수밖에. 여기까지 읽으면서 '그럼 원한다면 함께 낳을 사람은 있다는 말인가?' 하고 생각하는 분들도 있겠다는 생각이 문득 든다. 없다. 정초부터 육아라는 문제에 대해 이리도 진지하게 생각해보고 있는 나지만, 사실 당장 아이를 원한다고 해도 낳을 수 있는 입장은 아닌 것이다. 물론 반려자 없는 출산과 육아도 충분히 가능한 세상이긴 하지만, 나처럼 자녀에 대한 간절함이 없는 사람에게는 당연히 고려해볼 이유가 없는 선택지다. 그러니 더이상의 고민은 반려자를 만난 후로 미뤄도 무방할 것이다. 사실 반려자에 대한 생각도 크게 다르지 않다. 지금으로서는 꼭 반려자를 찾아야 한다는 생각이 없지만 그 생각은 바뀔 수 있다. 그리고 내 생각이 바뀌건 말건, 그건 중요하지 않은지도 모른다. 만나게 될 수도 있고, 그렇지 않을 수도 있다. 흠, 결국 세상 대부분의 일들이 그런 식이려나.

채
식
의

즐거움

나는 채식주의자는 아니지만 채식은 좋아한다. 워낙 다양한 음식을 맛보는 것을 좋아하기 때문에 외식을 할 때에는 이것저것 다 먹지만 집에서 혼자 먹을 때는 채식에 가까운 식사를 하는 때가 많다. 예를 들어 방금 먹은 점심 밥상은 이렇게 차렸다. 일단 밥을 한 공기 펐고, 두부 사분의 일 모를 끓는 물에 데쳤다. 양념장은 간장, 참기름, 고춧가루, 참깨를 섞어 만들었다. 달걀도 하나 부쳤다. 양배추는 잘게 썰어서 간장, 들기름, 참깨를 뿌려 버무렸다. 김, 김치, 콩자반도 조금씩 담아 곁들였다. 김치는 시제품이라 아마 액젓이나 젓갈이 들어갔을 것이다. 해산물과 달걀이 포함된 식사이니 비건vegan(동물성 식재료를 완전히 배제하는 채식)과는 거리가 있지만, 페스코 베지테리언pesco-vegetarian(해산물은 허용하는 채식)과 오보 베지테리언ovo-vegetarian(달걀은 허용하는 채식)이 혼합된 형태의 채식이라고 할 수 있을 것이다. 물론 어디까지나 먹고 난 후에 따져보니 그렇더라는 것이지, 일부러 어떤 원칙에 맞춰 식단을 짠 건 전혀 아니다.

원칙을 정해놓고 채식을 시도해본 적도 있기는 하다. 몇 년 전 사찰음식에 대한 다큐멘터리를 보고 푹 빠졌을 때 집에서만은 채식을 하겠다고 결심했었다. 그러나 실행에 옮긴 기간은 얼마 되지 않았다. 두세 달 정도가 지난 뒤에는 관심과 의지가 슬슬 줄어들어 자연스레 별다른 원칙 없이 밥을 먹는 원래의 생활로 되돌아간 것이다. 하지만 그후로도 내 식단은 아주 조금씩 '채식화'되어왔다. 마음대로 밥을 차려 먹고 나서 그것이 채식이었다는 것을 깨닫게 될 때면 기분이 좋아진다.

채식이 좋은 이유는 무엇보다 속이 편하기 때문이다. 몇 년 전까지만 해도 나는 음식이란 그저 맛있으면 그만이라고 생각했다. 먹은 후에 속이 편하든 불편하든, 그런 것은 별로 신경이 쓰이지 않았다. 하지만 요즘은 음식을 소화시킬 때의 기분에도 꽤나 주의를 기울이게 된다. 맛있기만 한 식사보다는 맛도 좋고 속도 편한 식사가 좋다. 예전보다 나이가 들어 소화력이 좀 떨어진 탓도 있을 것이다. 어렸을 때는 소화기관이 워낙 튼튼해서 거기에 들어가는 것이 고기건 채소건 느낌의 차이가 별로 없었던 반면, 요즘은 내 위와 장도 버거울 만한 것은 버거워하고 있는 것일 테다. 어쩌면 노화와는 별개로, 몇 년 전 집에서나마 채식을 해보기 전까지는 그 기분을 아예 몰랐던 것인지도 모른다. 우리 가족은 모두 고기를 좋아해서 나는 어렸을 때부터 고기를 많이 먹었다. 친구들과 밖에서 밥을 먹을 때도 주로 고기를 먹었다. 학교에서도 군대에서도 웬만하면 급식에 고기 반찬이 나왔다. 채식을 할 기회가 딱히 없다보니 고기를 먹고 속이 더부룩해도 그게 소화가 될 때의 자연스러운 느낌이려니 했던 것인지도 모른다. 아무튼 요즘은 고기가 포함된 식사를 했을 때와 채식을 했을 때의 기분 차이를 확연히 느끼고 있다. 스포츠에 비유하자면 고기를 먹었을 때는 내 위가 음식물을 상대로 이종격투기 경기를 벌이는 듯하고, 채식을 했을 때는 위가 음식물과 커플 체조를 하는 느낌이다. 사실 둘 다 해보지는 않았지만, 해보면 기분이 많이 다를 것이 분명하다. 물론 어느 쪽이 더 좋은 운동인지는 확실하지 않다. 이종격투기를 하면 강인한 체력과 정신력을 기를 수 있겠지만 그만큼 큰 위험과 스트레스를 감수해야 한다. 커플 체조는 하는 순간에는 기분이 (아마도) 좋겠지만 강철 같은 몸을 만드는 데는 적합하지 않을 가능성이 높다. 육식과 채식도 아마 마찬가지일 것이다. 채식을 하면 무난하고 상쾌하게 소화가 되지만, 어쩌면 소화기관이라는 것은 주기적으로 강도 높은 과제를 수행해야만 건강하게 유지되는 것인지도 모른다. 어쨌든 한 가지 확실한 건, 한끼의 식사를 하고 나서 소화가 될 때의 기분, 거기에 있어서만큼은 채식이 확실히 우세하다는 것이다.

몸이 편하다는 것 말고도 내가 채식을 좋아하는 이유는 또 있다. 이것은 비단 식생활에만 해당되는 얘기는 아니고 내 기본적인 성향인데, 나는 뭐가 됐든 불필요한 것을 발견하고 그것을 제거할 때 희열을 느낀다. 일례로 나는 음악을 만들 때 조그만 군더더기가 하나라도 있는 걸 참지 못한다. 녹음해놓은 곡을 들어보고 쓸데없어 보이는 소리를 삭제했는데 아무런 이상이 없고 오히려 듣기 좋아질 때면 그렇게 기분이 좋다. 그동안 내왔던 음반들을 생각해봐도 그렇다. '장기하와 얼굴들' 1집의 성공에 힘입어 야심차게 다양한 요소를 추가해 화려하게 만든 2집을 제외하면, 그후의 모든 음반 작업은 일관되게 불필요한 것을 줄여나가는 과정이었다. 3, 4, 5집 모두 직전 음반들에 비해 소리는 줄이고 여백은 늘리기 위해 노력했다. 5집에서는 더 나아가 스피커 두 개로 들어야만 하는 스테레오 방식을 버리고 한 개만으로 들어도 상관없는 모노 방식을 택했다. 그렇게 간소화해도 아무 문제가 없는지 확인하고 싶었고, 실제로 아무 문제도 없어서 기뻤다. 아마 솔로 1집이 될 다음 음반에서는 더욱 여백이 많아질 것이다.

원래 있던 무언가를 제거한 경우라고는 보기 어렵지만, 비싼 차를 타지 않는 내 심리도 크게 다르지 않다. 내 차는 현대자동차에서 나온 '아이서티'다. 탈 때마다 기분이 좋아지는 훌륭한 자동차다. 하지만 솔직히 "아이서티를 타다니 정말 부러운걸"이라고 말하는 사람이 많지는 않은 것도 사실이다. 물론 내가 엄청난 차를 살 만한 돈이 있는 것은 아니지만, 누군가는 부러워할 만한 차를 사고 싶은 생각이었다면 다른 선택을 할 수도 있었을 것이다. 하지만 나는 자동차로 남에게 뽐을 내는 것이 내 인생에서 불필요한 일이라고 생각했다. 물론 자동차에 돈을 들여야 하는 이유로는 안전 문제라든지 다른 여러 가지가 더 있지만, 아무튼 나는 아이서티보다 더 비싼 차를 타는 것이 내 인생에서 불필요한 일이라고 여겨왔다. 그리고 육 년째 같은 차를 몰고 있는 지금도 그 생각은 변하지 않았다. 여태까지 차 때문에 느낀 불편함은 없다. 차를 몰고 도로로 나가보면 내 차보다 고급스러운 차들을 얼마든지 볼 수 있는데, 그 차들을 볼 때마다 내 인생이 그런 차 없이도 잘 굴러가고 있다는 것을 실감할 수 있어서 기분이 좋다. 그런 차를 타는 분들이 쓸데없는 소비를 했다고 생각하는 것은 결코 아니다. 필요란 사람에 따라 다르다. 그분들은 아마도 내가 느끼지 못하는 어떤 이유에서 비롯된 합리적인 선택을 했을 것이다. 다만 나는 나 스스로에게 불필요한 무언가를 취하지 않고 살아가고 있다는 것에 대해 만족감을 느낀다. 그것은 돈을 아끼고 말고와도 좀 다른 문제다. 인생에 군더더기가 없다는 데서 오는 쾌감이다.

채식만으로 만족스러운 식사를 하고 난 뒤에도 나는 같은 쾌감을 느낀다. 평생을 먹어온 고기를 빼고 상을 차렸지만 적어도 이번 한끼에서만큼은 아무런 문제도 없었다는 것, 그 사실 자체가 나를 기쁘게 한다. 게다가 앞서 말했듯이 내 삶에는 고기 없는 식사가 조금씩 잦아지고 있다. 지금으로서는 내 인생에 고기가 전혀 필요 없다고 결코 말할 수 없지만, 적어도 예전만큼 많은 고기가 필요하지 않은 것은 분명하다. 그렇게 생각하면 더욱 기분이 좋아진다. 삶이 조금이나마 정리정돈된 느낌이 들기 때문이다. 소화가 될 때 속이 편안한 것과는 별개의 문제다. 흔히 채식의 동기가 되는 환경보호나 동물권보호와도 관계가 없다. 음…… 아니, 생각해보니 환경이나 동물권과는 실낱같게나마 관계가 있을지도 모르겠다. 나는 시야가 좁고 이타심이 부족하며 무엇보다 게으르기 때문에 지구 전체 혹은 다른 종을 위해 목소리를 내는 일에 적극 동참하는 일은 잘 없다. 하지만 인간이 다른 생명을 너무 많이 죽이거나 괴롭히고 있다고는 생각한다. 지구상에 다른 생명을 죽이지 않고 생존할 수 있는 종은 거의 없지만 자신의 생존에 필요한 만큼보다 더 많은 생명을 죽이는 종은 내가 알기로는 인간밖에 없다. 거기에 대해 내가 무슨 일을 할 수 있을지, 솔직히 전혀 모르겠다. 단지 미안할 뿐이다. 내가 인간이라고 해서 돼지나 대파 앞에서 으스댈 이유는 전혀 없다, 뭐 그 정도 생각을 할 뿐이다. 그러니 육식을 줄이는 것의 즐거움은 음악의 여백을 늘리거나 아이서티를 탈 때의 그것과는 달리, 내가 다른 생명에게 끼치는 민폐를 조금이나마 줄이고 있다는 기쁨도 포함하는 것이다. 물론 내 식습관의 변화는 아주 미세한 것이고, 설사 지금부터 급진적인 변화를 시도한다 해도 전 지구적인 상황에 어떤 식으로든 영향을 줄 가능성은 별로 없어 보인다. 말하다보니 실낱같은 관계마저 사실은 없는 것 같지만⋯⋯ 뭐 그래도 혼자 조금 더 기분이 좋아지는 정도는 괜찮지 않겠나.

정리정돈의

강자

독립하기 전 부모님과 함께 사는 동안, 우리 어머니는 종종 이런 말씀을 하셨다. "네 방은 오늘도 설치미술이로 구나." 어머니는 아마 그저 이런저런 물건을 이해하기 어려운 방식으로 널브러뜨려놓고 미술이라고 우기는 듯한 작품을 보신 일이 있었을 것이다. 그런 작품에 빗대어 방을 어지르기만 하고 잘 치우지 않는 내 성향을 농담조로 비꼬신 것이다. 우리 어머니는 늘 청소를 굉장히 열심히 하셨다. 지금도 그러신다. 대략 십 년 전이었나, 어머니는 말씀하셨다. "나는 아무래도 먼지와의 전쟁에서 진 것 같아." 집에는 먼지가 털끝만큼도 보이지 않아야 한다는 생각으로 평생 청소를 해오셨지만, 그것은 완벽히 해내기에는 너무나 어려운 일임을 인정하셨다는 의미였다. 하지만 내 생각에 어머니는 그 전쟁에서 패배하지 않으셨다. 나는 그 어디서도 우리 부모님 댁만큼 깨끗한 곳을 본 일이 없다. 그것은 예나 지금이나 마찬가지다. 우리 어머니가 먼지와의 전쟁에서 패배하셨다면 거기서 승리한 사람은 이 세상에 과연 몇 명이나 될까 싶다.

정리정돈에 대해서도 마찬가지다. 〈Everything In Its Right Place(모든 것은 제자리에)〉. 라디오헤드의 음악 중 내가 가장 좋아하는 몇몇에 속하는 노래다. 내가 아는 사람 중 그 제목에 가장 잘 어울리는 분이 우리 어머니다. 지금도 부모님 댁에 가보면, 모든 것은 늘 제자리에 있다. 당연히 실생활에 이용하기 위해 다른 자리로 옮겨야 하는 물건들은 있지만, 그 역시 그날의 쓰임새가 다하는 즉시 제자리로 돌아간다. 이렇게 말하면 우리 어머니를 다소 괴팍한 사람으로 생각하는 분도 있을지 모르나 결코 그렇지는 않다. 청결과 정리정돈을 매우 중요시하는 이들 중 일부는 주변이 더럽거나 어지럽혀 있으면 화를 낸다. 그리고 주변 사람들을 비난한다. 우리 어머니는 그러시는 법이 없다. 그저 아무렇지 않은 표정으로 묵묵히 집을 청소하고 정리하실 뿐이다. "네 방은 오늘도 설치미술이로구나"라고 말씀하셨을 때도 나를 비난하거나 꾸지람하는 투로 그러신 것은 전혀 아니었다. '으이그 이 녀석, 허허허' 정도의 뉘앙스였달까. 재밌고 귀엽다는 투였다. 그리고 보통은 내가 나가 있는 틈을 타서 내 방에 들어가 직접 정리하고 청소해주셨다. 내 입장에서는 그저 감사할 따름이었다. 아무튼 그때는 어머니도 나도, 내가 정리정돈과는 거리가 먼 타입이라는 것을 기정사실로 받아들이고 있었다.

그런데 최근 우리집에 놀러 온 한 친구에게 이런 얘기를 들었다. "너는 결벽증 환자인 것 같아." 전혀 심각하게 말한 것은 아니고 깔깔 웃으며 농담으로 한 얘기이긴 했다. 나 역시 대단히 좋지도 나쁘지도 않은 기분으로 "그런가? 하하" 하고 웃어넘겼다. 하지만 어쨌든 내 집이 정리정돈이 잘된 편이라는 것에 대해서는 나도 그 친구도 별다른 이견이 없었다. 그렇기 때문에 주고받을 수 있었던 대화였다. 집이 깨끗하다, 정리가 잘돼 있다는 말은 사실 우리집에 놀러 오는 친구들이라면 대부분 한 번씩은 하는 얘기다. 누군가 찾아온다고 하면 일부러 조금 더 정리를 하긴 하지만, 그것도 보통 대략 오 분이면 끝나는 일이다. 친구들이 보는 우리집이 평소와 별로 다르지 않다는 얘기다. 이렇게 생각하다보면 나도 내가 정리정돈을 나름대로 잘하는 편이라고 인정하지 않을 수 없다.

신기한 일이다. 혼자 살기 시작한 지 아직 십 년이 채 안 됐다. 십 년 전까지만 해도 분명히 나는 스스로에 대해 정리정돈에는 영 소질이 없는 사람이라고 확신했었는데, 그새 내 성향이 완전히 바뀐 것인가? 아마 그렇지는 않을 것이다. 독립하기 전부터 어느 정도의 싹수는 있었을 것이다. 하지만 앞서 말했듯이 우리 어머니는 청소와 정리의 '끝판왕'이다. 그 분야에서는 내가 절대로 벨트를 빼앗을 수 없는 챔피언인 것이다. 역사상 두번째로 성공한 헤비메탈 밴드 메가데스의 멤버 데이브 머스테인이 일등 밴드인 메탈리카에 대한 열등감에 평생 시달렸다는 것은 유명한 얘기다. 물론 내가 우리 어머니에게 열등감을 느낀 일은 전혀 없다. 하지만 아무튼 메가데스도 메탈리카 옆에 서면 작아지는 마당에, 내가 우리 어머니와 함께 살면서 정리정돈계의 강자로 자리매김하기란 아무래도 무리였던 것이다. 하지만 부모님 댁을 나와서 보니, 다른 많은 사람들과 비교했을 때는 어느 정도 두각을 나타내는 면도 있었던 것이다.

물론 우리 어머니에 비하면 대단찮은 수준이다. 방에 먼지 뭉치가 좀 굴러다니는 것쯤 그냥 무시하는 일도 많고, 옷을 아무렇게나 벗어둔 채로 이삼 일 정도 내버려두기도 한다. 앞으로도 우리 어머니처럼 청결하고 정갈하게 살아갈 수는 없을 것이다. 하지만 어쨌든 내가 포함된 집단 내에서 얼마간은 깔끔한 캐릭터로 인식되고 있는 것만은 사실이다.

그러고 보면 사람의 성향이란 누구와 있느냐에 따라 완전히 달라지기도 하는 것 같다. 물론 한 사람이 가진 불변하는 본질이 있을지도 모른다. 하지만 그렇다 해도, 그 본질은 누구 옆에 있느냐에 따라 다른 모습으로 드러날 수 있다. 내 경우 아마 어머니에게 물려받은 유전자와 자라면서 보고 배운 것이 내 기질에 절대적인 영향을 미쳤을 것이다. 그리고 그것은 내가 가진 본질에 가깝다고 할 수 있을지 모른다. 나는 사실 원래부터 정리정돈 강자가 될 떡잎이었던 것이다. 하지만 만약 내가 지금과 전혀 다른 삶을 살고 있다면 어떨까. 부모님과 내내 같이 살다가 또다른 정리정돈계의 절대강자를 만나 사랑에 빠져 결혼했다면? 여전히 '역시 나는 정리정돈과는 거리가 멀군'이라고 생각하며 하루하루를 보내고 있을지도 모른다.

비슷한 경험이 하나 더 있다. 나는 기본적으로 길을 잘 못 찾는다. 따라서 내가 속한 무리에는 늘 나보다 길을 잘 찾는 이들이 얼마든지 있다. 여럿이서 새로운 장소를 찾아갈 때, 앞장서서 길을 찾는 역할이 나에게 주어지는 일은 당연히 잘 없다. 자연스레 나는 누군가를 졸졸 따라

가게 되는데, 그럴 때면 대개 딴생각을 하게 된다. 길을 찾는 일은 다른 사람이 하고 있으니, 나는 안심하고 그와는 무관한 것만 떠올리며 시간을 보내는 것이다. 그러다보면 어느새 목적지에 도착한다. 그리고 그 하루는 아무 문제없이 흘러간다. 다음에 같은 길을 같은 무리와 찾아가게 되면, 보통 나만 길을 모른다. 모두들 가본 길이니 어느 누구 앞장서는 이 없이 여유롭게 걷는다. 그러다보면 다들 우회전을 하는데 나만 좌회전을 한다든지 하는 일이 생긴다. 내 입장에서는 당연한 일이다. 처음 그 길을 갈 때 경로를 전혀 머릿속에 넣어두지 않았기 때문이다. 물론 그렇다고 놀림을 당하는 것을 피할 수는 없다. 그리고 나는 또 한번 '역시 길을 잘 못 찾는 사람'이 되고 마는 것이다.

그런 나도 인생에 한 번 길을 잘 찾는 사람이 되어본 적이 있다. 몇 년 전 뮤지션 정재형 형과 둘이 도쿄에서 사나흘쯤 여행을 했다. 형이나 나나 거기서 혼자 돌아다녀본 경험이 별로 없었기 때문에, 피차 스마트폰 지도를 보며 목적지를 찾아다녀야 하는 입장이었다. 하루이틀쯤 지났을 때 뭔가 낯선 기분이 들었다. 하루종일 내가 앞장서서 길을 찾아다니고 있었던 것이다. 그것도 꽤나 성공적으로 말이다. 헤매는 일조차 거의 없었고, 내 기억으로는 형에게 어떻게 그렇게 처음 가는 길을 잘 찾느냐는 말도 들었다. 형은 나보다 더 심하게 길을 못 찾는 사람이었던 것이다. 그런 형 옆에 있으니 나도 몰랐던 나의 능력이 저절로 발휘되었던 것이고 말이다.

얼마 전 오랜만에 만난 한 친구에게 "넌 감성적인 사람은 아니잖아"라는 말을 들었다. 물론 나는 이성적인 편이라는 말을 듣는 일이 많고, 나도 그 말에 어느 정도는 동의한다. 하지만 내게도 내 감정을 주체 못해 펑펑 울거나, 하루종일 무언가에 마음이 사로잡혀 아무것도 할 수 없게 되거나, 벅찬 기쁨을 숨기지 못해 하루종일 싱글거리며 돌아다녀본 경험은 얼마든지 있다. 그런데 그 친구의 말투는 어떤 자명한 사실을 말하는 듯했다. 우리나라는 분단국가다, 올해는 윤년이다, 뭐 그런 이야기를 할 때처럼. 아, 이 친구와 나의 관계는 그런 것이었구나, 생각했다. 나는 그 친구 앞에서는 어떤 이유에서인지 감성 충만한 모습을 보일 일이 별로 없었던 것이다. 그 당장에는 왠지 모르게 억울하고 서글픈 마음도 들었지만, 다시 생각해보니 그 친구 입장에서는 충분히 할 수 있는 말이었다. 언젠가 "넌 정말 감성적이야. 이성적인 것과는 거리가 멀어"라는 말을 듣는 날이 내게도 올까? 그런 말을 듣게 된다면, 그 말을 하는 사람과 나는 어떤 관계일까? 그 말은 그런 내가 좋다는 말일까 싫다는 말일까? 물론 지금으로서는 알 수 없다. 하지만 무척 궁금해진다.

인생

최
고
의

라면

재작년 정도까지만 해도 라면은 끽해야 일 년에 한두 번쯤 먹었다. 주변 사람들에게 "나는 라면을 별로 안 좋아한다"고 말한 기억도 꽤 있다. 그런데 작년부터 집에서 종종 먹기 시작했다. 그 빈도는 점점 높아져서, 지난 한 주 동안은 무려 네 봉지를 먹었다. 어떻게 된 일인지 알 수가 없다. 아무튼 그렇게 자주 먹다보니 가끔 먹던 예전과는 다른 재미가 있다. 어떤 브랜드를 택하느냐, 어떻게 끓이느냐, 무엇을 곁들여 먹느냐에 따라 생기는 기분의 차이를 보다 생생하게 느낄 수 있게 된 것이다. 그렇게 단순한 음식이 그토록 다양한 맛을 느끼게 해준다니 감탄스러운 일이 아닐 수 없다. 이렇게도 먹어보고 저렇게도 먹어보면서 나 자신의 취향을 알아가는 재미도 쏠쏠하다. 다양한 시도와 시행착오를 거치면서 나라는 한 사람을 더욱 크게 만족시킬 수 있는 방식을 찾아가는 것이다. 오늘 점심에도 라면을 하나 끓여 먹었는데, 끓이는 과정과 먹는 과정 하나하나가 완벽하게 즐거웠다. 여태까지는 매번 끓이는 동안 지루해지거나 다 먹어갈 때쯤 쾌감이 떨어지는 일이 한두 번씩은 꼭 있었는데, 오늘은 그렇지 않았다. 다 먹고 나서 나는 생각했다. 아, 이것은 내 인생 최고의 라면이었다.

일단 라면 한 봉지, 달걀 한 개, 간장, 굵은 대파 십오 센티미터 정도, 총각김치 한 뿌리, 즉석밥 하나, 도시락 김 한 봉지를 준비한다. 물 끓이기를 서두를 필요는 없다. 물은 뚜껑을 닫아 끓이면 이삼 분이면 끓는다. 혀를 내두를 정도로 짠 국물을 먹고 싶지 않다면 면은 물이 끓는 즉시 넣어야 하고, 퉁퉁 불어터진 라면을 먹고 싶지 않다면 면이 익는 즉시 먹기 시작해야 한다. 시간 싸움이다. 매 과정에서 골든 타임을 놓치지 않으려면, 전체적으로 시간이 조금 더 걸리더라도 재료 손질과 라면을 제외한 상차림을 웬만큼 마무리한 후에 물을 끓이기 시작해야 한다. 우선 즉석밥부터 데운다. 날달걀을 풀어 먹을 건데, 너무 뜨거운 밥에 풀면 달걀이 익어버릴 수 있다. 따라서 미리 데운 후 그릇에 담아 라면을 끓이는 동안 조금 식히는 게 좋다. 도시락김을 뜯어 접시에 담고 그걸 곁들여 밥을 두 숟갈쯤 먹는다. 즉석밥 한 개는 날달걀 하나와 함께 먹기에는 양이 좀 많다. 그렇다고 달걀 두 개를 푸는 것은 뭐랄까, 깔끔한 느낌이 없다. 달걀은 모자란 듯 한 개만 딱 먹어야 기분이 개운하다. 그러니 밥의 양을 미리 좀 줄여둘 필요가 있는 것이다. 그리고 밥 두 숟갈 정도라면 배가 불러질 양까지는 당연히 아니고,

오히려 식욕을 돋워주기 때문에 라면을 맛있게 먹는 데 도움이 된다. 대파는 대략 일 센티미터 정도의 길이로 듬성듬성 썰어둔다. 파는 워낙 빨리 익기 때문에 너무 잘게 썰면 라면을 절반쯤 먹었을 때부터는 아삭한 식감을 전혀 느낄 수 없게 된다.

이 정도까지 하고 물을 끓이기 시작한다. 총각김치는 집게로 집어 가위로 잘라 종지에 담는다. 그냥 통으로 담아도 상관없긴 하지만, 나는 왠지 가위로 단단한 총각무를 자를 때 '사각' 하는 감각이 손에 전달되는 것이 기분 좋아서 그렇게 한다. 그리고 한 가지 이유가 더 있는데 그에 대한 설명은 일단 나중으로 미루겠다. 마실 물을 잔에 담고 숟가락과 젓가락을 쟁반에 올려놓는다. 밥과 김치, 김, 간장도 올린다. 빈 그릇도 하나 놓아둔다. 물이 끓기 시작하면 면과 스프를 넣는다. 라면은 안성탕면이다. 최근 내 입맛에 가장 잘 맞는 브랜드를 찾기 위해 이것저것 먹어봤는데, 안성탕면이 가장 맛있었다. 신라면도 괜찮지만 내가 먹기엔 좀 맵다. 참깨라면과 무파마도 맛있지만 그것들은 뭐랄까, 좀 다른 장르다. 라면 하면 가장 먼저 떠오르는 맛과는 거리가 멀다. 조금 과장하자면 짜

파게티나 비빔면처럼 완전히 다른 범주로 여겨지는 것이다. 아무튼 면과 스프를 넣는다. 스프를 먼저 넣어야 맛있다는 이야기도 있지만 나는 별 차이를 못 느껴서 미리 넣기도 하고 면과 함께 넣기도 한다. 한 이십 초쯤 지나면 벌써 면이 부드러워지기 시작한다. 그때부터 집게를 이용해 면을 풀어준다. 그리고 자꾸 들어올려서 공기를 쐬어준다. 일 분쯤 지나면 대파를 넣는다. 그리고 삼십 초쯤 더 지나면 바로 그릇에 담는다. 물론 아직 다 안 익었다. 하지만 그것은 전혀 문제가 되지 않는다. 그릇에 담은 후에도 라면은 계속 빠르게 익어가기 때문이다. 쟁반에 올려서 식탁까지 가는 동안에도 면의 상태는 확연히 달라진다. 식탁에 도착하면 바로 한 젓가락을 먹는다. 나는 너무 뜨거운 건 잘 못 먹는다. 미리 준비해둔 작은 그릇에 덜어 먹는다. 라면 한 젓가락, 국물 서너 숟가락, 대파 한두 조각을 덜어서 후후 불어 마시듯 후루룩 먹는다. 파스타로 따지면 '알덴테'보다도 약간 덜 익은 상태다. 나는 그런 정도도 좋아한다. 그리고 더욱 중요한 것은, 그 상태에서 시작해야 마지막 한 젓가락까지도 웬만큼 탱탱함을 느끼며 먹을 수 있다는 것이다. 어느 정도 익은 상태에서 먹기 시작하면 마음이 급해진다. 다 불어

터지기 전에 빨리 먹어야 한다는 생각이 들기 때문이다. 하지만 이 정도로만 익혀서 먹으면 여유로운 기분으로 식사를 즐길 수 있다.

　두번째 젓가락을 먹을 때쯤이면 딱 '알덴테' 정도가 되어 있다. 라면이 라면 자체로서 가장 맛있는 순간이다. 역시 그릇에 덜어 같은 방식으로 먹는다. 거기까지 먹고 달걀을 깨뜨려 밥 위에 올린다. 물론 처음 두 젓가락을 설익은 상태로 먹을 타이밍을 놓치지 않기 위해 미뤄둔 일이다. 달걀을 올린 후에는 간장을 한두 방울 떨어뜨린다. 얼마 전 마트에 갔을 때 달걀 전용 간장이 있길래 한 번 사봤는데, 어떻게 만든 건지 몰라도 과연 그걸 넣으면 달걀밥이 대단히 맛있어진다. 달걀과 밥을 완전히 섞지는 않고 윗부분만 슥슥 비빈다. 그러면 윗부분은 밀도 있는 달걀밥이 되고 아랫부분은 아직 맨밥으로 남아 있다. 두 가지 종류의 밥을 즐길 수 있는 것이다. 그때부터는 다 먹을 때까지 다양한 방법으로 즐긴다. 달걀밥을 먹고 총각김치 한 조각을 먹은 다음 라면을 먹어보기도 하고, 총각김치를 거치지 않고 라면으로 직행해보기도 한다. 라면에서 달걀밥으로 가보기도 하고, 달걀밥에서 라면으로 가보기도 한다. 라면을 달걀밥 위에 덜었다가 날 달걀이 살짝 묻은 상태로 먹기도 한다. 그러다 갑자기 그냥 밑에 있는 흰밥을 파내어 김에 싸서 먹으면 또 입안이 정화되면서 새로운 기분이 된다. 중간쯤부터는 라면이 적당히 식어서 굳이 덜어 먹을 필요가 없게 된다. 그릇에서 바로 크게 한 젓가락 들어 끊지 않고 입안 가득 넣은 뒤 국물도 후루룩 마신다. 그렇다. 라면을 먹는 가장 전형적인 방식이다. 그걸 다 삼키고 나서 '어 시원하다'라고 육성으로 외치면 기분이 더욱 좋아진다. 이제 라면도 밥도 얼마 안 남았다. 밥은 달걀밥과 맨밥의 구분이 거의 없어졌다. 절반은 라면에 말고 절반은 그대로 둔다. 남겨둔 절반에는 마지막으로 간장을 한 방울 더 뿌리고 싹싹 비빈다. 이제 가위로 잘라둔 총각김치가 빛을 발할 때다. 밥을 만 라면에다 잘게 잘린 총각김치의 줄기 부분을 넣는다. 아삭한 뿌리 부분은 이미 다 먹었고 줄기만 남겨둔 상태다. 이 줄기 조각들이 얼마 남지 않은 라면 국물에 새로운 뉘앙스를 더해주는 것이다. 줄기 조각들을 다 넣고, 국물 한두 숟갈을 빈 김치 종지에 덜어 바닥에 묻은 김치 양념까지 씻어내어 다시 라면 그릇에 붓는다. 국물은 전혀 다른 맛이 되었다. 구수하면서도 새큼하다. 남은 국물과 면과 밥을 후루룩 마신다. 마지막으로 조금 남은 달걀밥을 먹고, 차가운 물을 꿀꺽꿀꺽 마신다. '캬' 하는 소리와 함께 식사는 마무리다.

　마흔도 되기 전에 인생 최고의 라면을 맛보다니……이제 더이상 전진할 곳은 없는 것인가, 라며 탄식할 필요는 당연히 없다. 이 라면이 인생 최고였다는 것은 어디까지나 오늘의 나에게 그렇다는 것이지, 내일이나 모레의 나는 입맛이 또 어떨지 모르는 일이다. 사람의 몸이란 시시각각 변하기 마련이고, 미세한 변화에도 크게 바뀌는 게 입맛이다. 조금만 다르게 끓여도 완전히 새로운 맛이 되는 라면처럼 말이다. 물론 하루이틀 만에 체감할 만한 변화가 생기기는 어려울 테니 인생 최고의 라면이 이삼일 내로 갱신될 가능성은 없어 보이지만(그리고 일주일 동안 네 번이나 먹었더니 적어도 이삼 일은 좀 쉬고 싶기도 하다) 한일이 년 내로는 충분히 가능하지 않겠나. 심지어 나는 몇 년 전까지만 해도 라면을 별로 안 좋아하는 사람이 아니었던가. 생각해보면 상전벽해 수준의 변화인 것이다. 내후년쯤 나는 어떤 라면을 좋아하게 될까? 그때도 라면을 좋아하고는 있을까? 점심에 라면을 먹고 라면에 대해 이리저리 생각했을 뿐인데 벌써 해가 저물어가고 있다. 심심할 틈은 전혀 없었다. 라면의 힘은 이토록 대단한 것이다. 그냥 내가 혼자 잘 노는 것인가? 아무튼 즐거운 오후였다.

찬
란
하
게

맑은
가을날

오늘은 2019년 10월 9일. 찬란하게 맑은 가을날이었다. 오전에 파주 집에서 차를 몰고 서울로 나왔다. 연희동에 있는 강명진 대표(십이 년째 함께 일하고 있는 우리 소속사 대표)의 집에 차를 대고 그녀와 그녀의 남편과 함께 그들의 차로 다시 청담동으로 향했다. 뮤지션 프라이머리의 결혼식에 참석하러 가는 길이었다. 가는 길에 내가 회사일 관련해서 약간 서운했던 점을 강대표에게 넌지시 털어놓았고 그녀는 자초지종을 설명하며 미안하다고 했다. 식장에 도착한 우리는 식을 치르는 동안 하객석에서 자리를 지킨 후 기념촬영을 했다. 식사는 하지 않고 나와서 근처 레스토랑에서 이탈리아 음식을 먹었다. 사과의 표시라며 강대표가 밥값을 냈다. 다시 차를 몰아 합정동으로 향했다. 내가 그곳 교보문고에 들러 지인의 생일 선물로 줄 책을 사고 신촌 현대백화점에 가서 포장을 하는 동안 둘은 동행해주었다. 답례로 나는 교보문고에서 책한 권을, 현대백화점에서 작은 와인 한 병을 사서 그들에게 주었다. 연희동에서 둘과 작별하고 나는 다시 내 차를 몰아 파주로 달리기 시작했다. 시간은 다섯시. 이미 기울기 시작한 해였지만 눈이 부셨다. 문득 비틀스의《Abbey Road》앨범이 듣고 싶어졌다. 어쩐지 약간의 망설임을 느꼈지만 별로 개의치 않고 음악을 틀었다.

첫번째 수록곡 〈Come Together〉가 흘러나오는 순간 나는 내가 왜 망설였는지 알아차렸다. 그리워하기 싫기 때문이었다. 비틀스의 음악을 미친듯이 들었던 때를 말이다. 2012년, 처음 영국 여행을 갔을 때 런던에서 리버풀로 향하는 고속도로에서 《Abbey Road》를 들었다. 그때도 오늘처럼 해가 뉘엿뉘엿 넘어가고 있었다. 붉은 태양이 지평선으로 사라지는 순간에 음반의 (사실상) 마지막 곡인 〈The End〉가 흘러나왔고 나는 눈물을 흘렸다. 보는 것과 듣는 것의 조화가 이루어낸 아름다움 때문이기도 했지만, 그 순간이 또다른 추억을 불러일으켰기 때문이기도 했다. 그로부터 이 년 전, 난생처음 내가 번 돈으로 해외여행을 갔을 때, 나는 토론토에서 아케이드 파이어, 휴스턴에서 코린 베일리 래, 그리고 피츠버그에서 폴 매카트니의 콘서트를 보았다. 폴 매카트니의 공연은 이틀 연속으로 봤는데 거기서 받았던 감동은 잊을 수 없다. 장담컨대 그것은 내가 했던 가장 깊은 사랑과도 비견될 만한 감정이었다. 공연 시작 전, 내 옆자리에 앉은 중년의 미국 여성과 잠시 이야기를 나눴다. 딸과 둘이서 공연을 보러 온 그녀는 비틀스 활동 당시에도 공연을 본 적이 있다고 했다. 내가 한국에서 단지 공연을 보기 위해 날아왔다고 했을 때 그녀가 나를 바라보던 표정은 오래 알고 지내온 친구를 보는 그것이나 다를 바 없었다. 매 카트니가 〈The Long And Winding Road〉를 부를 때 그 녀는 펑펑 울고 있었다. 나도 울었다. 마지막 앙코르곡은 바로 《Abbey Road》의 〈The End〉였다. 밴드의 뒤쪽에 설치된 대형 스크린에서는 거대하고 붉은 태양이 지평 선 너머로 사라지고 있었다.

막힘없이 뻗은 자유로를 달리며, 그리고 왼쪽으로 점 점 기울어지는 햇살을 느끼며, 나는 《Abbey Road》의 수록곡들을 순서대로 들었다. 〈Something〉 〈Maxwell's Silver Hammer〉 〈Oh! Darling〉······ 수백 번 들었던 음 악이다. 하지만 예전과는 다른 느낌이었다. 처음 비틀스 의 오리지널 엘피를 사서 들었을 때, 일본에 공연하러 갔 다가 하루이틀 혼자 남아 에비스 거리를 지나며 이어폰 으로 비틀스를 들었을 때, 당시의 여자친구와 함께 들으 며 존이 더 좋으냐 폴이 더 좋으냐를 놓고 옥신각신했을 때, 그때는 늘 그 목소리와 기타, 베이스, 드럼 그리고 음악에 포함된 모든 소리가 마치 내 세포 하나하나를 건드리는 기분이었다. 하지만 오늘 자유로 위를 달리는 나는, 그 음악이 내 세포 하나하나를 건드리던 시절을 '그리워하고' 있었다. 그리고 나는 처음으로 깨달았다. 비틀스의 음악이 내 세포 하나하나를 건드리던 시절이란 바로 내가 '장기하와 얼굴들'이었던 시절이며, 그 시절은 이제 확실히 과거가 되었다는 것을 말이다.

어릴 때에는 좋은 일이 지나가면 슬퍼질 때가 많았다. 아마도 유치원 때쯤, 우리 누나의 친구 한 명이 우리집에 자주 놀러왔다. 이름은 세라였던 걸로 기억한다. 두 누나들은 나랑 곧잘 놀아주었는데, 세라 누나가 집에 가려고 하면 나는 가지 말라고 떼를 쓰며 울곤 했다. 초등학생 때에는 어느 해인가 친구들을 여럿 초대해서 생일잔치를 했는데, 그날도 어스름이 깔려올 때쯤 친구들이 하나둘씩 집에 돌아가기 시작하자 나는 무척 슬퍼져 눈물을 흘렸었다. 그 외에도 그 비슷한 일은 얼마든지 있던 시절이었다. 머리가 굵고 난 후에는 그런 것에 대해 점점 무뎌져온 것 같다. 요 몇 년간은 좋은 날이 지나가는 것에 대해서도, 나이가 드는 것에 대해서도, 연애가 끝나는 것에 대해서도 별로 슬퍼했던 기억이 없다. '장기하와 얼굴들'의 마지막 콘서트를 마치고 2019년 첫날이 되었을 때에도, 나는 사실 슬프지 않았다. 그저 십 년간 잘해온 것이 뿌듯할 뿐이었다. 작년 하반기 동안은 멤버들과도 팬들과도 좋은 마음으로 마무리하기 위해 온 힘을 다 썼는데, 그것이 웬만큼 잘되어 기쁜 마음도 있었다. 그후로 아홉 달이 넘게 지나는 동안에도, 나는 아무렇지 않았다. 이렇게 글을 쓰고, 영화를 찍고, 디제잉을 연습하고, 이따금씩 여행을 다니며, 앞으로 솔로 싱어송라이터로서 어떻게 살아갈 것인지를 고민하는 나날들이 즐거웠다. 그런데 오늘 《Abbey Road》를 들으며 느낀 것은 뭐랄까, 세라 누나가 집에 가버렸을 때의 슬픔 같은 것이었다.

과거로 돌아가고 싶다고 생각한 것은 아니다. '장기하와 얼굴들'을 작년에 마무리한 것은 아무리 생각해도 잘한 일이다. 그때였기 때문에 그 활동에 관여한 모든 사람이 서로를 축복하며 인사 나눌 수 있었다. 올해였다면, 내년이었다면, 혹은 삼사 년 후였다면, 그런 일은 장담할 수 없었을지도 모른다. 그리고 내 창작도 앞으로는 지금까지와 달라야 한다. 많은 것을 바꾸어야 한다. 그래야 새로워질 수 있고, 오래 즐겁게 할 수 있다. 이러한 생각들은 집에 도착해 이 글을 쓰고 있는 지금도 전혀 바뀌지 않았다. 다만 새롭게 알게 된 사실이 하나 있다. 나는 그 십 년을 그리워하고 있으며, 아마도 평생 그리워하게 될 것이다. 특별한 십 년이었다. 나는 밴드를 했던 것이 아니다. 밴드를 '믿었다'. 밴드라는 것이 가진 특별한 가치를 진심으로 믿었던 것이다. 고등학교 때에는 신을 믿었다. 대학 초년생 때에는 이런저런 철학 사상을 믿었다. 그후에는 음악을 믿었다. 그중에서도 밴드, 밴드 음악을 믿었다. 아마 누구나 그렇겠지만, 나는 늘 뭔가를 믿고 싶었던 것 같다. 솔직히 말해 지금은 아무것도 믿지 않는다. 무언가를 좋아하기도 하고 그것에 연연하기도 하지만, 종교처럼 믿지는 않는다. 밴드는 내가 가장 최근까지 믿었던 무언가다. 어쩌면 내가 오늘 자유로 위에서 느낀 것은 내 인생에서 믿음의 시절이 지나갔다는 데서 오는 서글픔이었는지도 모른다.

'장기하와 얼굴들'로 발표했던 곡들 중 〈그때 그 노래〉라는 것이 있다. 팬들 사이에서는 많은 사랑을 받아왔고, 나도 아끼는 노래다. 오늘의 기분은 구 년 전 그 노래를 만들던 날을 떠올리게도 하였다. 그날의 상황은 이랬다. 무심코 산울림의 시디 하나를 플레이어에 걸었는데, 〈너의 의미〉가 흘러나오는 순간 이상한 일이 벌어졌다. 수많은 기억들이 한꺼번에 쏟아질 듯 되돌아오는 것이었다. 〈너의 의미〉는 군복무 시절 사귀던 여자친구의 통화연결음이었다. 수신자부담으로 전화를 걸 때마다 들었던 노래였다. 그리고 그 시절의 그녀는 나에게 단순한 여자친구 이상이었다. 내가 밴드를 한 것이 아니라 믿었던 것과 마찬가지로, 나는 그녀를, 우리의 관계를 믿었었다. 오랜 연애 끝에 결국 헤어지게 되었는데, 이상하게도 한동안은 마음이 아무렇지 않았다. 너무 멀쩡해서 허무할 지경이었다. 한참 후 산울림의 노래를 무심코 듣고 나서야 나의 그리움과 슬픔이 얼마나 큰지를 비로소 알게 되었던 것이다.

그러고 보면, 믿음의 시절이 지나갔네 어쩌네 하며 무슨 대단한 변화가 생겼다는 듯이 얘기했지만, 사실 나라는 사람은 별로 변하지 않았는지도 모르겠다. 〈너의 의미〉를 듣고 〈그때 그 노래〉를 만들었던 나와 《Abbey Road》를 듣고 이 글을 쓰고 있는 내가 뭐가 다르단 말인

가. 제 감정이 어떤지도 모르고 한참을 멀뚱히 지내다가 노래 하나를 듣고 나서야 상황 파악을 해 충격을 받고서는, 또 그걸 가지고 이거다 싶어 쪼르르 달려가 무언가를 만들고 있는 것은 그대로이니 말이다.

그런 내가 또 하루를 살았다. 대단한 일이 벌어지지는 않았지만 꽤나 괜찮은 날이었다. 새삼 음악의 힘은 대단하다는 생각을 한다. 특히 시간과 시간을 이어주는 힘에 있어서는 다른 무엇과도 비교할 수 없다. 어쩌면 십 년 후의 어느 날 무심코 《Abbey Road》를 듣다가 오늘을 떠올리게 될지도 모르겠다. 스스로 꽃가루를 뿌리며 명랑하게 입장하던 신랑 프라이머리와, 점심에 먹었던 무화과 브루스케타와, 강대표가 모는 차 안에서 강대표 남편과 둘이 꾸벅꾸벅 졸았던 일과, 교보문고에서 샀던 류시화의 책과, 신촌 현대백화점에서 산 하프보틀 와인들, 그리고 자유로에서 뜻하지 않게 만난 여러 명의 나를 말이다. 참으로, 찬란하게 맑은 가을날이었다.

자
유
의

그늘

최근에 영화를 하나 찍었다. 배우로서 말이다. 무슨 말인가 싶을 거다. 당연한 일이다. 나 역시 촬영이 다 끝난지금까지도 무슨 일이었나 싶으니 말이다. 영화까지 찍게 되리라고는 예상하지 못했다. 하지만 돌이켜보면 내삶은 상상하지 못한 일들의 연속이었다. 어쩌면 삶이란것이 원래 그런 건지도 모르겠다. 이미 지나간 일들에대해서는 다 그럴 만한 이유가 있었다고 생각하기 쉽지만 사실 가만히 생각해보면 그중 많은 일들이 예상이나계획 따위와는 무관하게 벌어진 것들이지 않나. 나만 그런가?

연기하는 것이 음악을 하는 것과 다른 점은 무엇인가. 당연히 아주 많지만, 내 경우 가장 크게 느낀 차이 중 하나는 내가 최종 결정권자가 아니라는 점이었다. 싱어송라이터로서 하는 모든 일들에 있어서는 늘 내가 최종적인 판단을 내렸다. 일단 작사와 작곡은 누구와도 상의하지 않고 내 선에서 다 끝냈다. 편곡을 할 때는 밴드 멤버들의 의견을 수렴하긴 했으나 그 의견들을 얼마나 반영할지 결정하는 것은 언제나 나였다. 공연이나 방송활동에 대해서도 멤버들이나 회사 사람들과 의논은 했지만 할지 말지, 한다면 어떻게 할지에 대한 마지막 결정은 내가 했다. 하지만 연기를 할 때는 언제나 정해진 대본이 있었고, 내 연기가 잘됐는지 아닌지를 판단해주는 사람이 따로 있었다. 물론 내가 스스로 생각해서 정해야 하는 것들도 많았지만, 결국은 모든 책임과 권한이 연출자에게 넘어갔던 것이다. 아주 단순하게 요약하자면, 음악을 하면서는 모든 것을 내 마음대로 해온 반면, 연기를 할 때에는 어느 정도 '남이 시키는 대로' 할 수밖에 없었다는 이야기다. 그런데 그게 의외로 그리 나쁘지 않았다. 오히려 내가 연기를 하면서 느낀 가장 큰 즐거움 중 하나였다.

요 한두 해 '퇴사'라는 키워드가 출판계에서 꽤 인기인 듯하다. 작년에 아주 재미있게 읽었던 이나가키 에미코의 『퇴사하겠습니다』도 그렇고 제목이 마음에 들어 사서 읽었던 하완의 『하마터면 열심히 살 뻔했다』도 그렇고, 다니던 직장을 그만두고 자유로운 삶을 선택한 이들의 이야기가 각광받고 있는 것이다. 지인 정혜윤 작가도 『퇴사는 여행』이라는 제목의 책을 냈다. 여러 번의 퇴사와 이직을 거듭하는 동안 공백기를 여행으로 채웠던 경험담이 재미있어서, 추천사를 써달라는 부탁을 흔쾌히 수락하기도 했다. 지난 몇십 년간 우리나라에서는 큰 규모의 기업이나 관공서에서 안정적인 보수를 받으며 일하는 것만이 인생의 정답인 것처럼 여겨지는 분위기가 강했다. 그 획일적인 기준 때문에 많은 이들의 마음속에 답답함이 쌓이다 못해 이제는 터져나오고 있는 것일 테다. 요즘은 현실적으로 한 직장에서 오랫동안 일하는 것이 점점 어려워지고 있기도 하다보니, 삶의 불안정성을 극복하는 적극적인 노하우에 대한 수요가 늘어나고 있는 것도 한 이유겠고 말이다. 어찌됐건 '자유로운 삶'에 대한 갈망이 대단히 큰 시대인 것은 확실해 보인다.

어떻게 들릴지 모르겠지만 나는 이런 시대에라면 꽤나 귀감이 될 만한 삶을 살고 있는지도 모르겠다. 앞서 이야기한 것처럼 직업활동을 내 마음대로 하고 있기 때문이다. 여가 시간에 마음대로인 것은 말할 필요도 없으니 하루 스물네 시간, 일 년 삼백육십오 일을 대체로 자유롭게 살고 있는 셈이다. 좀 바보 같은 말이기도 하지만, 나는 어느 순간부터는 하기 싫은 것은 정말 하기 싫었다. 어쩌면 십대 시절에 시험공부를 너무 열심히 했기 때문인지도 모르겠다. 십이 년 동안 늘 전 과목을 잘해야 한다는 생각으로 공부했으니, 하기 싫은 것을 꾹 참고 하는 것에 완전히 질려버렸다 해도 아주 이상한 일은 아닐 것이다. 어쨌든 입시가 끝난 후의 이십 년을 되돌아보면, 매 순간 나의 지상목표는 자유로운 삶이었다. 나는 스물한 살 때부터는 하고 싶은 것이 음악밖에 없었다. 취직은 절대로 하고 싶지 않았다. 어떤 종류의 회사든, 매일 출근을 한다는 것은 상상만으로도 숨이 막혔다. 따라서 취업 준비는 전혀 하지 않았다. 학교 수업도 건성으로 들으면서(그것마저도 좀 괴로웠다) 밴드 활동을 하고 드럼 연습에 매달렸다. 군악대를 준비하다가 왼손에 병이 생겨 포기해야 했을 때 비교적 순순히 단념할 수 있었던 것도, 어차피 군대에서 재미도 없는 음악을 의무적으로 연주하는 것 역시 괴로운 일 아니겠느냐는 생각 덕분이었다. 그래서 일반병으로 복무했고, 그 시기에 내 인생에서 거의 유일하게 직장생활 비슷한 것을 경험했다. 예상대로 하루하루가 죽을 맛이었다. 군 생활이 끝나기만 하면 새처럼 자유롭게 살리라고 매일 다짐했다. 그리고 틈틈이 노래를 만들었다. 제대와 동시에 음반 및 공연 준비에 착수했고, 아르바이트 자리를 구했다. 생계유지에 필요한 최소한의 돈만 벌면서 여유 시간을 가능한 한 많이 확보해 내가 하고 싶은 음악을 하며 살겠다는 생각이었다. 그렇게 새로운 밴드 '장기하와 얼굴들'을 시작했는데, 반년도 되지 않아 천운으로 유명해졌다. 온전히 내 마음대로 만든 음악들이 생계유지를 하고도 남을 돈을 벌어다주었다. 아르바이트는 그만두었다. 내가 그토록 원했던 자유로운 삶의 발판이 마련된 것이다.

하지만 나는 새로운 위험 요소들을 감지했다. 갑자기 인기가 많아지자 온갖 종류의 예능 프로그램과 광고 섭외가 들어왔다. 사회 초년생이었던 내가 세상 돌아가는 이치를 잘 알았을 리 없지만(물론 지금이라고 잘 아는 것도 아니고), 나는 그런 요청에 일일이 응하는 것이 결국 내 자유를 침해할 것이라고 막연히 생각했다. '나는 힘없는 반짝 스타일 뿐이고 섭외를 하는 사람들은 돈 많고 힘센 이들이 아닌가. 그들이 주는 큰돈이나 기회를 덥석 받았다가는 뭐가 됐든 하기 싫은 일들을 해 바치느라 많은 시간과 노력을 들이게 될 것이다. 그렇다면 내가 음악을 하는 보람은 없다.' 그것이 당시의 내 생각이었다. 다시 한번 음악으로 반향을 일으키기 전까지 일단 음악과 무관한 예능 프로그램이나 광고에는 일절 출연하지 않기로 정했다. 다행히 2집 역시 좋은 반응을 얻었는데, 그후로는 여러모로 어떤 상황에서든 내 자유를 지켜낼 수 있을 정도의 힘이 생겼다고 느꼈다. 그래서 웬만큼 즐겁게 참여할 수 있어 보이는 예능이나 광고 섭외에는 응해오고 있다. 이후에 마주하게 된 다른 모든 선택의 기로에서도 내 판단 기준은 '내가 정말로 하고 싶은가'였다. 결론을 내리기 어려운 순간도 아주 많았지만 대체로 마음대로 하는 데 성공해왔다고 생각한다. 그런 시간을 거쳐, 지금은 내가 추구해온 자유로운 삶이 어느 정도 안정세에 접어들었다. 나는 음악을 하고 싶을 때, 하고 싶은 방식으로 한다. 음악 외적인 활동도 하고 싶은 것만 한다. 일이 없을 때는 그때그때 하고 싶은 것을 하며 논다. 그러면서 먹고 살기 충분한 돈을 번다.

이쯤 되면 의아해질 것이다. 마음대로 사는 것이 그렇게까지 중요한 사람이, 남이 시키는 대로 하는 것도 나쁘지 않았다고? 오히려 그것이 연기를 하면서 가장 즐거운 일 중 하나였다고? 확실히 그랬다. 무엇보다, 마음이 참 편했다. 정해진 대사를 연기한다. 엔지가 난다. 엔지가 난 이유에 대한 설명을 듣는다. 납득한 내용을 반영하여 다시 시도한다. 그렇게 몇 차례 반복하면 감독님이 외친다. "오케이!" 그러면 그 신은 끝이다. 물론 나는 내가 정말 잘해낸 것인지 잘 모른다. 하지만 이렇게 생각한다. '감독님이 오케이라면 내 몫 정도는 했다는 얘기겠지.' 안심하고, 다 잊고, 다음 신을 준비한다. 이런 과정을 편하게 느끼는 나 자신을 바라보며, 내가 열심히 구축해온 자유로운 삶이 가진 그늘이 무엇인지 처음으로 알게 되었다. 그것은 바로 막연함이었다.

나는 하고 싶은 것만 하며 산다. 그런데 이것은 달리 말하면 하고 싶은 것이 없을 때는 아무것도 할 수 없다는 뜻이 된다. 나는 매일 아침 눈을 뜨면 하루를 어떻게 보내야 할지 생각한다. 물론 공연이라든지 녹음이라든지 정해진 일정이 있을 때는 그럴 필요가 없지만, 그 일정들도 따지고 보면 매일 고민한 결과로 생긴 것들이다. 그러니까 어찌 보면 나는 잠에서 깨는 순간 출근을 하는 셈이다. 정신이 들자마자 '너는 무엇을 하고 싶냐'고 스스로에게 묻기 시작하는 것이다. 그리고 그 물음에 나 자신은 그리 자주 대답해주지 않는다. 대답을 듣더라도 불명확

하고 이해하기 어려울 때가 많다. 그렇기 때문에 뾰족한
수 없이 하루를 지나 보내는 일에 익숙해져야 한다. 너
무 실망해서는 안 된다. 그래야 크게 좌절하는 것을 피할
수 있다. 그리고 하루의 어느 순간에는 스스로 퇴근해야
한다. 그런데 이 퇴근이라는 것도 간단하지 않다. 정해진
장소에 갔다가 집에 돌아오는 것이 아니기 때문이다. 내
뇌만을 이용해 내 뇌를 퇴근시켜야 한다. 그것은 대체 어
떻게 하는 거냐고? 나 역시 아직 연구하는 중이다.

그렇게 하루하루의 질문과 답이 쌓인 결과로 음악을
만들게 되면 그것을 세상에 내놓는다. 당연한 얘기지만
그 음악은 꽤 많은 사람들을 만족시켜야만 한다. 그래야
내가 음악을 직업으로 지속할 수 있다. 그런데 많은 사람
들을 만족시킨다는 것, 그것은 정말 어려운 일이다. 나는
대중음악인으로서 십 년 넘게 이른바 '살아남았다'. 분명
대단한 일이고, 자부심도 꽤 가지고 있다. 하지만 그게
어떻게 된 일인지는 갈수록 잘 모르겠다. 〈싸구려 커피〉
와 〈달이 차오른다, 가자〉로 벼락 스타가 됐을 때는, 솔직
히 내가 잘나서 그렇게 된 것도 크다고 여겼었다. 적어도
절반쯤은 내 재능과 노력 덕분이었을 것이라고 생각했

다. 하지만 그후에 이어진 여러 가지 경험으로 미루어볼 때, 그것은 오판이었던 듯하다. 분명히 인기를 얻을 거라고 생각하여 열심히 '밀었는데' 썰렁한 반응만 돌아왔던 노래도 있고, 그냥 흘려듣는 수록곡이 될 거라 생각하고 아무런 홍보도 하지 않았는데 알아서 인기를 끌었던 노래도 있다. 음악의 대중적인 성공이란 수많은 요인들이 작용한 결과이고, 그중 많은 것들은 한 음악인이나 회사가 통제할 수 없다는 것이 지금의 내 생각이다. 한마디로 어떻게 해야 인기를 얻는지는 나도 모르겠다는 얘기다. 반면 흥행 성패의 책임은 결국 내게 있다. 얼마 전까지 6인조 밴드를 해왔지만 앞서 말했듯이 창작에 있어서 나의 지분이 워낙 절대적이었다. 회사 역시 내 뜻을 완전히 거스를 수는 없었다. 따라서 결과가 좋지 않을 때 책임을 전가할 사람은 아무도 없었다. 앞으로는 솔로 싱어송라이터로 활동하게 될 테니 더더욱 그럴 것이다. 하다못해 종교라도 있다면 신을 원망하거나 혹은 신이 계획한 바가 따로 있겠지, 라는 정도로 생각할 수 있을 테지만 나는 그렇지도 않다. 점점 더 알 수 없는 게임을 점점 더 큰 책임을 가지고 해나가야 하는 것, 그것이 내 상황이다.

"하고 싶은 것 하며 사니 좋겠다"는 말을 듣는 일이 종종 있다. 부러워서 하는 말이니 으쓱할 만도 한데, 그때마다 조금 쓸쓸한 기분이었던 것 같다. '나도 늘 좋은 것만은 아닌데'라는 마음이었달까. 자유롭다는 것은 곧 막연하다는 뜻이고, 막연한 삶은 종종 외롭다. 이끌어주는 사람이 아무도 없는데 어떻게든 헤쳐나가야 할 때 외롭지 않은 사람은 없지 않겠는가. 내 경우에는 매일매일이 그런 셈이다. 물론 우는 소리를 하고 싶은 생각은 전혀 없다. 나는 내 삶에 매우 만족하고 있기 때문이다. 나는 여전히 하기 싫은 것은 정말 하기 싫고, 앞으로도 하고 싶은 것만 하며 살고 싶다. 연기를 할 때 남이 시키는 대로 하는 것이 맘 편하고 좋았다고는 하나, 그것 역시 내가 원해서 선택한 일의 일부였던 것이고 말이다. 막연함과 외로움은 나의 선택에 딸려 올 수밖에 없는 대가다. 기꺼이 받아들이고 있다. 이제는 '막연하고 외로운 것이 뭐 어떤가. 따지고 보면 어떤 삶인들 그렇지 않겠는가'라는 생각쯤은 할 수 있게 되기도 했다.

다만 하고 싶은 이야기는, 자유롭다고 자부하는 나의 삶도 늘 시원스럽지만은 않다는 것이다. 퇴사에 관한 산

문들을 읽으며 자유로운 삶을 꿈꾸는 직장인분들이라면 십중팔구 나 같은 사람을 부러워할 것이다. 하지만 뭐랄까, 나는 삶이란 늘 아랫돌 빼서 윗돌 괴기라고 생각한다. 지금보다 더 자유로워지고 싶다면 더 외로워질 것도 각오해야 한다. 오해하지 마시기 바란다. 자유 따위 좋아봤자 소용없다는 이야기가 아니다. 이 글에서만도 여러 번 반복했지만 나는 자유를 지고의 가치로 여기는 사람이고, 따라서 자유로운 삶을 꿈꾸는 분들에 대해서는 당연히 응원하는 마음을 가지고 있다. 하지만 당신의 오늘 하루가 원하는 만큼 자유롭지 못했다고 해도, 바로 그 때문에 누렸던 무언가는 있을 것이다. 내가 하루종일 막막함에 시달렸고 그래서 방금 밤 산책을 하며 쓸쓸함을 느끼긴 했지만 어쨌건 오늘도 마음대로 사는 데 성공한 것처럼 말이다.

헐,

대
박,

장기하!

거리를 걷다보면, 혹은 식당에 앉아 밥을 먹다보면 내가 전혀 모르는 분이 나를 알아보는 일이 종종 있다. 그 후에 벌어지는 일은 다양하다. 어떤 분들은 다가와서 사인이나 사진 촬영을 부탁한다. 어디론가 달려가 선물을 가져다주시는 분들도 있다. 어떤 분들은 내 쪽을 흘끗흘끗 보며 본인들끼리 목소리를 낮춰 이야기를 나누기도 한다. 몰래 사진을 찍기도 한다. 그냥 "어, 장기하다"라고 말하고 지나가는 분들도 있다. 붙잡고 계속 대화를 이어가려 하는 분들도 있고, 어느 주점에서는 한 취객이 다짜고짜 내가 있는 자리에 앉는 일도 있었다. 다가오는 방식이 제각각이니 내 기분 역시 그때그때 다를 수밖에 없다. 가끔 너무 무례하게 말을 거는 분을 만나면 기분이 나빠지기도 한다. 하지만 그런 경우에도 어느 정도는 고맙다는 생각을 한다. 내 직업은 기본적으로 관심을 먹고사는 직업이기 때문이다.

물론 유명인이라고 해서 관심의 표현이라면 뭐든 고맙게 받아들여야 한다고 생각하지는 않는다. 내 지인들 중에는 다양한 유명인들이 있는데, 같이 다니거나 그들의 이야기를 듣다보면 화가 날 때도 많다. 한번은 매주 인기 예능 프로그램에 출연하는 한 형과 함께 술을 마시고 있었는데, 옆 테이블의 어떤 아저씨가 다짜고짜 휴대폰 카메라부터 들이밀며 다가왔다. 형은 그 아저씨에게 버럭 화를 내며 대들었고 나는 뜯어말렸다. 나중에 이야기를 들어보니 그런 경우가 너무 많아서 참다 참다 처음으로 자기도 모르게 터져버렸다는 것이었다. 또다른 지인은 건달이나 형사 역할을 자주 맡는 영화배우인데, 어딜 가든 기골이 장대한 사내들이 그렇게 시비를 걸어서 곤혹스럽다고 한다. 전화번호나 주소를 알아내서 소름끼치는 일을 벌인 팬(이라고 불러야 할지 모르겠지만)에 대한 이야기를 들려준 지인들도 꽤 많다. 동기나 의도가 어떻든 무례한 것은 곤란하다. 상대방이 유명인이라고 해서 사람으로서 지켜야 할 예의가 달라지는 것은 아니다.

사실 다른 이들에 비하면 나는 사정이 좀 괜찮은 편이다. 무엇보다 나는 그리 엄청난 스타는 아니기 때문에, 나를 알아보는 분들도 있지만 그렇지 않은 분들도 많다. 그리고 내게는 심한 무례를 범하는 분들이 별로 없다. 그 역시 대단히 유명하지는 않기 때문일 것이다. 많은 이들의 관심을 받을수록 거기에 무례한 사람이 포함될 가능성 역시 높아지지 않겠나. 방송에 자주 출연하지는 않다 보니 나를 친구처럼 친근하게 여기는 분들이 많지 않은 것도 한 이유일 것이다. 전 국민적으로 인기 있는 예능 프로그램에 출연하는 지인과 길을 걷다보면 다짜고짜 몸을 만지거나 반말을 하는 분들도 종종 보게 된다. 말하는 것만으로도 참 미안해지는 일이지만, 내가 남성이기 때문에 겪지 않아도 되는 불편도 많다. 유명한 여성 지인들과 얘기를 나누다보면, 그들이 이따금씩 마주쳐야만 하는 불쾌감과 공포는 나로서는 도저히 가늠하기 어려운 것이라는 생각을 하게 될 때가 많다. 아무튼 나는 이래저래 운이 좋아 얼굴이 알려진 것치고는 큰 불편을 느끼지 않으며 살아가고 있다. 거의 모든 경우에, 나를 알아봐주는 분들과의 만남은 간략하고 무난하고 훈훈하게 이루어진다. 반갑게 인사를 건네받고 적절한 감사의 표시를 하는 것이 거의 전부다.

다만 십여 년이 지나는 동안 생긴 이런저런 습관들은 있다. 그중 하나가 길을 걸을 때 맞은편에서 다가오는 사람과 얼굴을 마주치지 않으려 하는 것이다. 멀리서 누군가 나타나면 일단 세대를 가늠해보게 된다. 대개 내 나이 아래위로 열 살 안쪽으로 보이는 이들이 나를 알아볼 확률이 높다. 연세가 아주 많은 어르신이나 나보다 스무 살 이상 어려 보이는 사람인 경우에는 보통 그냥 앞을 보고 걸으며 스쳐지나간다. 하지만 상대방이 나를 알아볼 가능성이 높아 보이면 고개를 숙이거나 얼굴을 돌려 하늘을 보는 척하거나 소매로 입을 가리고 짐짓 기침을 한다. 모자를 쓰고 있을 때엔 상대방이 있는 쪽 손을 들어 괜히 모자를 만지면서 얼굴을 가리기도 한다. 이 모든 과정은 어떠한 판단을 할 겨를도 없이 자동으로 이루어진다. 완전히 몸에 밴 것이다. 그러고 보면 나도 불편함이 아예 없는 것은 아니었던 모양이다. 의식한 일은 많지 않지만, 혼자 시간을 보낼 때는 되도록 남이 나를 알아보지 않으면 좋겠다고 내심 느껴왔었나보다. 누가 나를 알아본다고 해서 별다른 문제가 생기는 것은 아니다. 게다가 그것은 기본적으로 고마운 일이다. 하지만 그와는 별개로 익명의 누군가로서 거리를 활보하고자 하는 욕구는 늘 마음속에 있었던 것이다.

역시 조금은 불편했었나, 라는 생각은 해외에 나가면 좀더 자주 하게 된다. 외국 도시를 여행할 때면 나는 되

도록 걸어다닌다. 사람들이 많은 거리일수록 고개를 빳
빳이 들고 걷는다. 모르는 사람 사이에도 눈인사 정도
는 오고가는 것이 자연스럽게 여겨지는 나라에서는 인
사도 주고받아본다. 그리고 꼭 지하철을 타본다. 표를 사
고 개찰구를 통과하고 저벅저벅 걸어가서 플랫폼에 서
있다가 열차를 탄다. 그 모든 것이 그렇게 재미있을 수
가 없다. 열차 안에서는 함께 탄 승객들을 관찰한다. 거
기에 너무 몰입하다가 이크, 내가 너무 빤히 쳐다봤나,
하는 생각이 들어 그만 겸연쩍어질 때도 있다. 식당이나
카페에서 자리를 잡을 때 사람이 많은 방향을 향하고 앉
는 것도 해외여행의 큰 즐거움이다. 국내에서는 그런 경
우 꼭 벽을 보고 앉는다. 이 역시 자연스레 몸에 밴 습관
이다. 하지만 나를 알아보는 사람이 잘 없는 외국에서는
일부러라도 널찍한 곳을 바라보며 앉게 된다. 스위스 취
리히의 한 카페에 들렀던 기억이 난다. 방송 촬영차 갔다
가 공식 일정 후에 삼사 일 정도를 더 머무르며 혼자 돌
아다녔는데, 하루는 그냥 정처 없이 걷다가 테라스가 있
는 카페에 앉았다. 테라스의 좌석은 모두 길거리 쪽을 향
하도록 놓여 있었다. 카페 앞은 강가였고, 강을 따라 전
차가 다니는 선로와 사람들이 지나다니는 보도가 함께

놓여 있었다. 생맥주를 한잔 주문했다. 조금 쌀쌀한 날씨였지만 자리에 놓여 있던 담요를 뒤집어쓰고 앉아서 한참 동안 거리를 구경했다. 그럴 때면 생각하게 되는 것이다. '허허, 나도 평소에 좀 답답하긴 했었나보네.' 그렇다고 자기연민에 빠지는 것까지는 아니다. 그 정도 불편함이야 내 직업을 택한 사람이라면 누구든 완전히 피할 수는 없는 것 아닌가. 나는 내가 원하는 직업적 성취를 얻었고, 그 대가로 약간의 불편함을 지불한 것뿐이다. 그리고 생각해보면, 그 불편함은 다시 새로운 재미를 선물로 내준 셈이다. 여행을 가본 이들이라면 다들 알겠지만, 여행지에서 순수한 재미를 맛보는 순간은 생각만큼 많지 않다. 그런데 내 경우엔 평소에 느끼는 (줄도 잘 모르는) 답답함 덕분에, 여행중에 특별한 활동을 하지 않더라도 거리를 걷고 지하철을 타고 카페에 가만히 앉아 있는 것만으로 꽤나 큰 재미를 느낄 수 있는 것이다.

재미 하니까 생각나는데, 거리에서 사람들이 나를 알아보게 되고 나서 알게 된 재미있는 사실이 하나 있다. 상대방이 아무리 작은 소리로 말하더라도 내 이름은 웬만하면 다 들린다는 것이다. 친구와 둘이 길을 걷는다.

앞에서 두 사람이 걸어온다. 스쳐지나간다. 그리고 내 귀에는 그 둘 중 한 사람이 옆 사람에게 속삭이는 소리가 들린다. "야, 장기하, 장기하." 그는 아마 내가 그 소리를 듣지 못하리라 확신했을 것이다. 이미 거리가 충분히 벌어졌고 목소리도 매우 작게 냈으니 말이다. 하지만 나는 들었다. 나는 내 친구에게 말한다. "저분들이 내 얘길 하네." 친구는 말한다. "그래?" 친구는 못 들었다. 이런 일은 상당히 많았다. 똑같은 거리에서 똑같은 목소리를 들어도 자기 이름이면 들리고 아니면 안 들리기도 하는 것이다. 눈을 빤히 쳐다보며 "헐, 대박, 장기하!"라고 외치는 분들도 종종 있는 마당에, 그렇게 정성껏 작은 소리로 속삭이는 분들에 대해 털끝만큼이라도 불만이 있다는 것은 아니다(물론 "헐, 대박, 장기하!"라고 외친 분들에 대해서도 불만은 없다. 나쁜 말은 전혀 하지 않았으니 말이다). 단지 청력이라는 것도 대단히 상대적임을 알게 된 게 재미있었다는 이야기다. 떠오르는 일이 하나 있다. '장기하와 얼굴들'을 시작한 첫해에 한 음악 시상식장 복도에서 멤버들과 서 있는데 빅뱅의 태양씨가 지나갔다. 당시는 태양씨의 본명으로 이름 지은 디시인사이드 '동영배 갤러리'가 큰 화제를 모으던 시기였다. 그가 지나가자마자 우리 멤버 중

한 명이 "와, 동영배, 동영배!"라고 말했다. 내가 "쉿, 조용히 해!"라고 했지만 이미 늦었다. 당연히 그는 들었을 것이다. "쉿, 조용히 해!"라고 한 것도 들었을 것이다. 그분이야말로 워낙 다양한 경험을 했을 테고 분명 그런 일 따위 전혀 기억하지 못하시겠지만, 나는 이상하게 십 년이 넘도록 종종 그 일이 생각난다. 쓸데없을지 모르지만 왠지 미안한 마음이 남아 있다. 태양씨, 뭐, 기억 못하시겠지만 그때는 우리가 경험이 별로 없어서 그랬어요. 죄송했어요.

혼
자

혹
은

함께

어렸을 때부터 운동은 영 젬병이었다. 무엇 하나 잘하는 게 없었고 좋아하는 것도 없었다. 〈피구왕 통키〉가 유행할 때 피구에 잠깐, 〈슬램덩크〉가 유행할 때 농구에 잠깐 관심을 가졌던 게 전부다. 고등학교 체육시간에는 선생님이 무언가를 가르쳐주시는 대신 축구든 농구든 원하는 운동을 하라고 하시는 날도 많았는데, 그럴 때면 뜻이 맞는 애들 두세 명과 함께 등나무 그늘 아래 앉아 있곤 했다. 운이 좋으면 한가롭게 수다나 떨며 한 시간을 때울 수 있었고 그렇지 않으면 선생님께 한두 대 얻어맞고 억지로 공 차는 시늉이라도 해야 했다.

입대한 지 얼마 되지 않았던 신병 시절, 하루는 선임병들과 함께 처음으로 축구를 하게 되었다. 군대에서는 축구를 하기 싫어도 무조건 해야 한다는 이야기를 여기저기서 들었던 터였다. 아, 앞으로 이걸 수십 번을 해야 하다니, 라고 생각하니 상당히 막막했다. 그런데 놀랍게도 경기가 끝난 후 선임병들은 내게 앞으로는 축구를 할 필요 없다고 말하는 것이었다. 내가 너무 못하니까 같이 해도 재미가 없고, 그러니까 시키지 않겠다는 얘기였다. 실제로 그후로 전역할 때까지 내가 다시 축구를 하는 일은 없었다. 뭔가를 확실히 못하면 때로는 그것이 인생에 도움이 되기도 하는 것이다.

　이런 나지만 그래도 십 년이 넘도록 흥미를 잃지 않고 해온 운동이 한 가지 있다. 달리기다. 물론 하루도 빠짐없이 달려왔다든지 하는 것과는 거리가 멀다. 한두 해 정도 전혀 달리지 않고 지낸 시기도 있다. 하지만 돌이켜보면 달리기에 대한 호감과 관심은 늘 어느 정도 유지해왔던 것 같다. 이런저런 핑계로 한동안 달리지 않다가도, 시간이 좀 지나고 나면 어느새 다시 달리고 있는 나 자신을 발견하곤 했던 것이다. 가장 열심히 달린 것은 2018년 봄이었다. 나 같은 사람이 꽤나 있을 법한데, 그해에 무라카미 하루키의 『달리기를 말할 때 내가 하고 싶은 이야기』를 읽고 아, 나도 이렇게 꾸준히 달리는 사람이 되고 싶다, 라는 생각이 강하게 들어 한동안 게을리하던 것을 다시 시작하게 되었다. 하루키의 에세이를 읽다보면 아, 나도 이런 사람이 되고 싶다, 하는 생각이 들 때가 많다.

　주로 한강공원에서 달렸다. 출발 지점은 보통 동작대

교 북단이었다. 거기서 시작해 동쪽을 향해 달리다 잠수교를 건너 강남으로 넘어간다. 다시 서쪽으로 쭉 달린다. 동작대교 남단을 지나쳐 한강대교에 다다르면 다시 다리를 건넌다. 그리고 다시 동쪽으로 달려 동작대교 북단에 다다르면 딱 십 킬로미터다. 내가 가장 좋아하던 코스다. 잠수교는 아마 한강의 다리들 중 달려서 건너기 가장 좋은 다리일 것이다. 서강대교, 동작대교, 한강대교 등을 달려봤지만, 하나같이 수면으로부터의 높이가 높다보니 아래를 내려다보면 좀 무섭다. 하지만 잠수교는 강물에 가까이 있어 마치 런던 템스강에 있는 다리처럼 가뿐하고 편안한 마음으로 건널 수 있다.

잠수교 남단과 동작대교 남단 사이에는 봄부터 가을까지 늘 꽃이 잔뜩 피어 있는 아기자기한 길이 있다. 꽃에 대단히 감동하는 타입은 아니지만 거기서 달릴 때면 왠지 모르게 낭만적인 기분이 된다. 그곳을 지나면 시멘트 바닥으로만 된 길이 한강대교 남단까지 길게 이어지는데, 이 길도 꽤나 운치가 있다. 길 자체가 널찍하게 나 있는데다가 위로는 거대한 올림픽대로가 차양 역할을 해주기 때문에 시원시원하면서도 아늑한 느낌을 준다.

출발 지점으로 되돌아오면 주차장 옆에 있는 편의점에서 도시락과 컵라면과 차가운 생수를 사서는 동작대교 아래의 계단참에 자리를 잡곤 했다. 십 킬로미터를 달리며 흘린 땀을 그늘 바람에 씻어내며 먹고 마시는 그 맛은 뭐랄까, 행복이라고밖에는 표현하기 어렵다. 집으로 돌아오는 차 안에서는 주로 슈퍼오거니즘의 음반을 들었다. 지금도 그 음악을 들으면 열어놓은 차창을 타고 들어와 남은 땀을 씻어주던 그해의 봄바람이 떠오른다.

요즘은 한풀 꺾인 것도 같지만 그때는 '런 클럽'이라는 것이 대단히 유행이었다. 주기적으로 한날한시에 여러 사람이 모여 서로의 기운을 북돋우며 함께 달리는 일종의 동호회다. 당시 나도 음악 하는 한 동생에게서 런 클럽 하나를 추천받았다. 문화예술계의 멋쟁이들이 많이 참여하고 있는 클럽이어서 나가보면 재미있을 거라는 얘기였다. 좀 솔깃하여 그 클럽의 인스타그램 계정을 팔로하고 올라온 사진과 글들을 넘겨보며 한번 가서 끼워달라고 해볼까 생각하기도 했다. 하지만 결국 그만두었다. 고민을 하는 동안 혼자 두세 번쯤 더 달려보니, 역시 달리기는 혼자 하는 게 제맛이라는 생각이 들었던 것이다. 달리기라는 운동의 가장 큰 장점은 단순함이다. 복잡한 규칙도 값비싼 장비도 필요 없다. 나 자신과 달리기 좋은 길, 이 두 가지만 있으면 준비 완료다. 누군가와 의사소통을 하고 약속을 정해야 하는 상황이 되는 순간 그 단순함은 깨져버릴 수밖에 없다. 그리고 나에게 달리기는 일종의 명상이기도 하다. 처음 일이 킬로미터 정도까지는 달리는 행위 자체에 적응하느라 정신없지만, 그후 어느 순간부터는 팔다리가 알아서 움직이기 시작한다. 그러면 뇌도 알아서 움직인다. 나의 생각이 의도적인 노력을 벗어나 그저 냇물처럼 흐르기만 하는 상태가 되는 것이다. 그 자체로 마음이 편해지기도 하고, 때로는 이런저런 좋은 아이디어가 떠오르기도 한다. 여러 사람과 함께 달리다보면 상황은 아무래도 좀 다를 것이다. "자, 이제 삼 킬로미터 남았습니다!" "자, 조금만 더 힘냅시다!" 같은 이야기로 옆 사람을 격려하고 서로의 열기와 거친 숨소리를 느끼며 활기차게 달리는 것도 즐거운 일이긴 하겠지만, 역시 나는 혼자 조용히 달리는 쪽이 더 좋다. 내가 달리고 싶을 때, 내가 달리고 싶은 장소에서, 내가 달리고 싶은 만큼 달리는 게 제일 좋다.

그해 초가을쯤 무릎 인대를 살짝 다쳐서 한동안 달리지 못하게 되었다. 다 나은 후에는 새 음반 홍보 기간이 되어 바빠지기도 했고, 그 시기가 지나고 나서는 좀 멀리 이사를 오게 되어 한강에서 달리기가 어려워졌다. 집 근처에서 적당한 코스를 찾지 못해 최근까지도 거의 달리지 않고 있다가, 지난달에 우연히 한적하고 예쁜 길을 발견해 다시 달리기 시작했다. 그 얘기를 친한 형에게 하니, 나처럼 달리기를 좋아하는 형은 주말에 둘이 함께 달려보면 어떻겠느냐고 물었다. 나는 좋다고 했고, 두 주 전부터 주말마다 같이 달리고 있다. 돌아오는 주말에도 약속을 잡았다. 그런데 함께 달려보니 이게 또 혼자 달리는 것과는 다른 맛이 있는 것이다. 혼자 달릴 때 외롭다는 느낌을 받은 기억은 딱히 없는데, 이상하게 막상 둘이 달리니 '외롭지 않아 좋군'이라는 생각이 많이 들었다. 그리고 혼자일 때보다 더 안정적인 페이스로 달릴 수 있었다. 구간별 속도를 측정해주는 앱을 켜놓고 달렸는데, 매 킬로미터마다 속도가 거의 똑같았다. 형은 내 페이스가 상당히 일정하다며 감탄해 마지않았다. 마라톤 대회 출전 경험도 몇 번 있는 자신보다도 페이스 메이킹 면에서는 한 수 위라는 것이었다. 얘기를 들으면서는 그런가 했는데, 며칠 뒤 혼자 달리며 다시 재보니 함께 달릴 때보다는 페이스가 들쭉날쭉했다. 내 페이스가 어느 정도 일정한 편이기도 하지만, 비슷한 페이스의 파트너와 함께 달리니 속도를 좀더 안정적으로 유지할 수 있었던 것이다. 페이스가 일정해지니 피로감이 덜한 것은 물론이었다. 당연한 이야기인 것도 같지만, 반갑게 만나고 웃으며 헤어지는 일도 즐거움을 더해주었다. 혼자 달릴 때는 내 마음대로 달린 다음 간편히 돌아올 수 있어서 좋았지만, 거기에 사람을 만나 가벼운 대화를 나누는 과정이 추가되니 또다른 재미가 있었다. 운동 후에 함께 식사를 하며 막걸리 한잔을 기울이는 기분도 상쾌했다. 달리기도 누군가와 함께하면 캠핑이나 하이킹 못지않은 휴일 레저가 될 수 있다는 것을 알게 되었다.

그러고 보면 연인과 함께 달리기를 하는 것도 꽤 즐거운 일일 것 같다. 나는 여태 그래 본 적이 없다. 사귀었던 사람들이 대부분 달리기와는 거리가 먼 이들이기도 했지만, 그와는 별개로 내가 누군가와 함께 달리고 싶다는 생각을 한 적이 별로 없었기 때문이기도 하다. 기회가 된다면 언젠가 한번 해보고 싶다. 둘이서 가볍게 오 킬로미터에서 칠 킬로미터 정도 달리고, 적당한 음식을 사다가 집에 와서 맥주나 와인을 곁들어 먹고, 피로해진 두 몸을 소파 위에 포갠 채 헤롱헤롱 퍼져 있다가 그대로 잠들면 훌륭한 데이트가 될 것 같다. 음, 그나저나 런 클럽도 막상 해보면 꽤 괜찮으려나?

인생의

하루

잠에서 깬다. 아직 새벽이다. 시간을 보니 잠든 지 서너 시간밖에 안 됐다. 잘 없는 일이다. 보통은 해가 뜰 때까지 깨지 않는다. 별안간 비틀스의 ⟨A Day In The Life⟩의 멜로디가 떠오른다. 가사가 어떤 내용이었는지 확인하고 싶어진다. 왜인지는 모르겠다. 꾸던 꿈에 그와 관련된 내용이 나왔나? 궁금하지만 안타깝게도 이미 꿈은 기억 너머로 사라져버렸다. 구글을 검색해 가사를 찾아본다. 아직 잠이 덜 깬 탓인지 읽어도 무슨 내용인지 잘 모르겠다. 나의 관심은 다른 곳으로 옮겨간다. 얼마 전부터 집에서 일출을 한번 보고 싶다고 생각했었는데, 지금쯤이면 볼 수 있지 않을까? 오늘의 일출시간을 검색해본다. 다섯시 사십일분이다. 시간을 확인한다. 정확히 다섯시 사십일분이다. 이런 우연은 늘 왠지 설렌다. 거실로 나가 베란다 쪽 블라인드를 올린다. 사실 우리집 거실은 북서향이라 일출을 볼 수는 없다. 하지만 당연히 느낄 수는 있다. 나무와 길과 건물들이 서서히 채도를 높여간다. 좀더 지나니 하늘은 이제 선명한 파란색을 띤다. 티 없이 맑은 날씨다. 4월도 이제 지나가려 하고 있지만 새벽 공기는 여전히 서늘하다. 맑은 하늘과 서늘한 공기. 팔 년 전의 스위스 여행이 떠오른다. 목적지는 산골 마을이었지만 첫날 밤은 제네바에서 묵었다. 자고 일어나자 청명한 아침 공기가 막 떠나온 여행객의 설렘을 부풀리고 있었다. 지금은 집에 있지만 나는 그때와 비슷한 기분을 느낀다. 생각해보면 아침의 푸른 하늘은 대체로 늘 이런 기분을 선사해주었던 것 같다. 새로운 하루가 어떻게 흘러갈지 알 수 있는 아침은 없다. 그런데 오늘 같은 하늘을 보고 있으면, 왠지 모르게 기대감이 불안감을 압도하곤 한다.

생각은 다시 〈A Day In The Life〉로 돌아간다. 피아노 앞에 앉아 노래의 코드를 떠듬떠듬 짚어본다. 다시 졸음이 온다. 침실로 들어가 눕는다. 두어 시간쯤 눈을 붙이고 일어나 옷을 챙겨 입고 필라테스 스튜디오로 향한다. 필라테스를 시작한 지는 반년쯤 됐다. 코로나바이러스로 인한 거리두기 지침 때문에 휴관을 했던 기간을 제외하고는 거의 빠지는 일 없이 일주일에 두 번씩 꼬박꼬박 해오고 있다. 그전엔 웨이트트레이닝 강습도 여러 번 시도해봤지만, 효과는 있을지언정 운동 과정이 너무 괴로워서 늘 결국엔 그만두고 말았다. 필라테스는 부드럽고 느려서 내게 더 잘 맞는다. 운동 강도가 낮은 것도 아닌데 괴롭다는 생각은 잘 들지 않는다. 요즘 꽤나 열을 올리고 있는 달리기와의 조합도 좋다. 두 운동을 병행하다 보면 한동안 잊혀졌던 근육들이 하나하나 깨어나는 것을 꽤 선명하게 느낄 수 있다.

스튜디오를 나와 근처에 있는 마트로 향한다. 식빵, 두부, 대파, 양송이, 김치, 나물, 밑반찬 등을 산다. 맥주와 와인도 산다. 늘 구비해놓고 떨어지면 다시 채우는 것들이다. 집으로 돌아온다. 요 며칠 속을 좀 혹사시켰다. 과음을 한 날도 있었고, 라면이나 햄버거처럼 자극적인 음식도 여러 번 먹었다. 오늘은 위와 장을 좀 쉬게 해줘야겠다. 방금 사 온 두부와 샐러드만으로 점심을 먹기로 한다. 생채소를 먹은 지 오래된 것 같아 한끼 샐러드용 채소믹스도 두어 팩 사 온 참이다. 간장, 참기름, 참깨면 샐러드드레싱 만들기는 끝이다. 두부는 반 모를 잘라 끓는 물에 데친 후 접시에 담아 참기름과 참깨를 뿌린다. 그리고 소금에 찍어 먹는다. 맛있다. 요 며칠 중 가장 속 편한 식사다.

샤워를 하고 빨래를 한다. 빨래는 색깔 구분 없이 그냥 모조리 세탁기에 넣고 돌린다. 반드시 비슷한 색의 옷들과 함께 빨아야 한다든지 꼭 드라이클리닝을 해야 한다든지 하는 까다로운 옷은 잘 사지 않는다. 인생에는 신경 써야 할 것들이 한두 가지가 아니다. 옷까지 모시고 살고 싶지는 않다. 빨래가 돌아가는 동안, 아침 풍경을 바라보던 그 자리에 다시 앉는다. 나뭇잎들은 이제 거의 형광에 가까울 정도로 밝은 연두색을 띤 채 한가로이 흔들리고 있다. 그 모습을 보며 가만히 있는다. 작년 초에 이곳 파주 집으로 이사 온 이유 중에는 이렇게 창밖을 보며 가만히 앉아 있는 시간을 더 많이 가지고 싶다는 것도 있었다. 하지만 생각보다 쉽지 않은 일이었다. 자꾸 뭐라도 하게 되는 것이다. 인스타그램을 확인한다든지, 컴퓨터를 켜고 영화를 본다든지, 책을 읽는다든지, 뭔가를 먹거나 마신다든지. 그런데 오늘은 꽤나 성공적인 편이다. 그 무엇을 해야겠다는 생각도 딱히 들지 않는다. 가만히 앉아서 생각이 흘러가는 대로 놔둔다. 문득 이것은 꽤 괜찮은 노후 대비라는 생각이 든다. 시간이 흐를수록 몸을 움직이는 것은 점점 어려워질 것 아닌가. 사실 이미 십대나 이십대 때에 비해 몸이 둔해지고 활력도 좀 줄어들었다는 것을 느끼고 있다. 앞으로 그 반대 방향으로 변하는 일은 아마 없을 것이다. 언젠가는 하루 중 꽤 긴 시간을 가만히 앉아서 보내야만 하는 날이 찾아올 것이다. 그렇게 되면 삶이 좀 지루해질 수도 있겠지만, 이렇게 미리미리 연습을 해두면 그때 가서도 그럭저럭 괜찮을지 모른다.

빨래가 다 됐다. 일주일 만에 하는 빨래라서 널어야 할 것이 꽤 많다. 음악이 필요하다. 무엇을 들을까. 얼마 전에 선물받은 바이닐 하나가 눈에 띈다. 《간쿄온가쿠環境音樂》라고 하는 제목의 일본 음반이다. 우리말 음으로는 '환경음악'이다. 1980년대와 1990년대에 발표된 일본의 앰비언트, 인바이런멘털, 뉴에이지 음악들을 모은, 무려 세 장의 바이닐로 이루어진 컴필레이션 앨범이다. 강한 비트나 선명한 멜로디를 가진 곡은 없다. 주로 몽글몽글한 신디사이저 소리, 은은한 타악기 소리, 바람이나 냇물 같은 자연의 소리 등을 이용해 제목처럼 일종의 '환경'을 만들어내는 음악들이다. 그 환경 안에서 나는 빨래를 넌다. 귀찮거나 지루하다는 느낌은 없다. 아니, 오히려 지루해서 다행스런 시간이다. 환경이란 이토록 중요한 것이다. 돌이켜보면 프로 뮤지션으로서의 열정을 불태우기 시작하던 이십대 중반쯤에는 이렇게 음악을 '깔아놓고' 듣는 것은 절대로 하지 않았다. 음악에 대한 결례라고 생각했기 때문이다. 집에 혼자 있어도 반드시 양쪽 스피커와 내 머리가 세 꼭짓점으로서 정삼각형을 이루는 이른바 '스위트 스폿'에 앉아서, 무조건 음반 하나를 처음부터 끝까지 들었다. 지금도 정말 좋아하는 음반은 그렇게 듣지만, 오늘처럼 빨래를 하거나 설거지를 하면서 그냥 대충 틀어놓기도 한다. 어렸을 때의 내 열정은 정말 대단했구나, 하는 생각이 든다기보다는 그냥 예전엔 좀 멍청했던 것이 아닌가 싶다. 이렇게도 듣고 저렇게도 듣는 지금이 더 즐겁다. '환경음악'과 함께한 빨래 널기는 끝났다.

휴대전화를 확인하니 연락 온 것이 몇 개 있다. 얼마 전에 찍은 화보를 공개하는 건과 잡지 인터뷰 섭외 건이다. 간단한 일들이다. 담당자와 통화를 하고 카톡을 주고받으며 결정해야 할 것들을 결정한다. 그러고 나니 약간 졸립다. 나중에 두어 시간 더 자긴 했지만 일출을 본다고 설치는 바람에 평소보다는 확실히 좀 적게 잔 것이다. 침대에 누워 잠시 낮잠을 자고 일어난다. 일출시간을 확인할 때 일몰시간도 확인해두었다. 일몰이 얼마 안 남았다.

낮에 사 온 나물을 넣고 대충 비빔밥을 만들어서는 다시 창가에 자리를 잡는다. 그리고 지는 해를 바라보며 먹는다. 창밖으로 지평선이 보일 리야 당연히 없지만, 우리 동네에는 높은 건물이 별로 없어서 대충 비슷한 느낌은 난다.

붉은 해가 오른쪽 아래를 향해 꾸물꾸물 기어내려가고 있다. 여태 구름 한 점 없이 맑은 날씨가 계속되고 있어 그 모습을 선명하게 볼 수 있다. 일출은 이사 와서 처음 본 것이지만 일몰을 본 일은 꽤 많다. 볼 때마다 느끼는 것이지만, 그리고 하나 마나 한 얘기긴 하지만, 일몰은 상당히 아름답다. 어디서 보든 그렇다. 우리집에 가만 앉아서 보든 강변북로를 달리며 보든 사막 한복판에서 보든 베를린에서 보든 도쿄에서 보든 싱가포르에서 보든 어김없이 아름답다. 그리고 같은 곳에서 봐도 매일 다르다. 시시각각 변하는 그 형형색색을 바라보고 있노라면, 과연 세상에 예술이라는 것이 따로 필요한 것인가, 하는 생각마저 든다. 그 장관을 보면서 인생에 대한 깊은 사색에 잠긴다든지 하는 일이 전혀 없는 것은 아니지만, 사실 별로 생각이라는 것을 할 필요조차 없다. 배를 간지

럽혀주면 더 해달라고 드러눕는 강아지처럼, 그저 그 광경을 끝도 없이 보고 싶은 심정이 되는 것이다. 하지만 오늘의 일몰도 어김없이 끝이 났다. 하늘에서는 붉거나 푸른 기운이 완전히 자취를 감추었다. 그리고 달이 떴다. 달은 정확히 깎을 때가 돼서 깎아낸 손톱 조각 모양을 하고 있다.

　인생의 하루가 지나가고 있다. 내게는 꽤 즐거운 시간이었다. 아무쪼록 다른 이들에게는 무해한 하루였기를 바란다.

밤

〈싸구려 커피〉가

잃은

것

내가 만든 노래들 중 가장 유명한 것을 꼽으라면 역시 〈싸구려 커피〉다. 2008년 5월 10일에 이 노래가 담긴 세 곡짜리 싱글앨범을 발매했고, 같은 날 '장기하와 얼굴들' 의 첫 공연이 있었다. '프리버드'라는 클럽에서 열린 그날 의 공연을 보러 온 사람들은 대략 오십 명 남짓으로, 지 인 아니면 지인의 지인 아니면 지인의 지인의 지인이었 다. 그 세 부류 중 하나에 속하지 않은 사람은 아마 없었 을 것이다. 그로부터 대략 반년 후인 11월 21일에 KBS 〈윤도현의 러브레터〉의 후속으로 새로이 시작하는 (〈유희 열의 스케치북〉의 전신이기도 한) 〈이하나의 페퍼민트〉 첫 회 에 출연하게 되었다. 그날 이후 한동안 나와 우리 밴드의 이름이 연일 실시간 검색어 상위권에 올랐고 얼마 안 있 어 〈싸구려 커피〉는 이른바 전 국민적 히트곡이 되었다. 그리고, 그전과는 다른 노래가 되었다.

물론 가사, 멜로디, 편곡 등이 바뀐 것은 아니다. 각종 스트리밍 플랫폼에 올라가 있는 〈싸구려 커피〉의 음원 은 지금까지도 2008년에 발표된 것 그대로다. 하지만 그 해 봄과 여름에 공연장에서 불렀던 〈싸구려 커피〉는 이 제 없다. 그때 그 노래는 황당하고 웃기는 노래였다. 지금도 〈싸구려 커피〉는 꽤나 개성적인 곡으로 기억되고 있는 듯하다. 하지만 누구나 다 아는 노래다. 누구나 아는 노래를 황당하다고 생각하는 사람은 드물다. 당시, 특히 EBS 〈스페이스 공감〉에도 출연하기 전인 5월에서 8월 사이에 홍대 라이브클럽에서 〈싸구려 커피〉를 부르면, 객석에 있는 사람들은 그야말로 박장대소했다. 중간의 랩(이라고 나는 부르는) 부분이 시작되면 일단 피식피식 웃음이 터지기 시작한다. 여덟 마디쯤 됐을 때부터 관객들은 한두 명씩 입이 헤벌어지며 '이게 뭐야⋯⋯!'라는 표정이 된다. 열여섯째 마디쯤 되면 대부분이 박수를 치며 소리 내어 웃고 있다. 스물네번째 마디를 지나면 그 소리는 더욱 커진다. 거의 자지러지는 사람도 있다. 마지막 서른두번째 마디를 거쳐 "싸구려 커피를 마신다"로 되돌아가는 순간에는 마치 노련한 재즈 연주자의 솔로가 끝났을 때처럼 박수와 환호가 터져나온다. 한 번도 빠짐없이 늘 그런 분위기였다. 십중팔구가 아니라 백발백중으로. 나의 노래로 인해, 거기 모인 모든 사람들이 전혀 예상치 못했던 큰 재미를 느끼고 있었다. 그것은 내게 이루 말할 수 없는 희열이었다. 그리고 그 몇 달의 시간이 지난 뒤, 〈싸구려 커피〉를 부르며 그런 경험을 다시는 하지 못했다. 물론 그것에 대해 불평할 생각은 전혀 없다. 그러기에는 〈싸구려 커피〉가 유명해져서 내가 얻은 것이 너무 많다. 조금 과장하자면 그 덕에 지난 십 년을 먹고 산 것이나 마찬가지다. 하지만 맨 처음의 그 세 달 이후 〈싸구려 커피〉가 무언가를 잃어버린 것만은 분명하다. 그걸 다시는 되찾을 수 없다는 것도 말이다. 많은 이들에게 알려지는 순간 사라져버리는 가치도 세상에는 있는 것이다.

많은 이들에게 알려지는 순간 사라지는 가치, 이에 대해 많이 신경쓰는 시대가 적어도 지금은 아닌 듯하다. 내가 좋아하는 밴드 슈퍼오거니즘의 음악 중에는 〈Everybody Wants To Be Famous〉라는 곡이 있다. 모르긴 해도 시간이 흘렀을 때 시대상을 가장 잘 반영한 노래 중 하나로 기억되지 않을까 싶다. 그야말로 모두가 유명해지려고 노력하는 시대다. 〈싸구려 커피〉가 발표된 2008년과도 비교가 되지 않는다. 그때만 해도 유명해질 수 있는 사람과 콘텐츠의 종류가 매우 제한적이었다. 물론 그때도 이미 인터넷이 완전히 대중화된 후였고 나 역시 인터넷 커뮤니티의 덕을 많이 본 사람이다. 하지만 그

때 내가 만든 것은 어디까지나 '전통적으로 유명함을 추구해온' 대중음악의 한 종류였고, 인터넷 커뮤니티에서 활동하는 이들은 그 전통적인 형태의 '오리지널 콘텐츠'를 '패러디'했을 뿐이다. 요즘은 다르다. 누구나 오리지널 콘텐츠를 만들 수 있고 실제로 분야를 막론하고 수많은 사람들이 그렇게 하고 있다. 그리고 그 소재는 점점 더 일상의 영역으로 퍼져나가고 있다. 평소에 먹는 밥, 평소에 하는 운동, 평소에 쓰는 물건 등 그 무엇이든 콘텐츠가 될 수 있는 것이다. 누구나 잘만 한다면 그것으로 유명해질 수 있고, 유명해지면 돈도 벌 수 있다.

이런 추세가 좋은 것인지 나쁜 것인지 나는 잘 모르겠다. 아마 좋은 것도 나쁜 것도 아닐 것이다. 물이 위에서 아래로 흐르듯 세상은 그저 특정한 방향으로 움직이고 있을 뿐일 테다. 다만, 나는 원래도 그랬지만 요즘은 더더욱, 내 개인적인 일상은 되도록 찍어 올리거나 하지 않고 그대로 내버려두고 싶다는 생각이다. '당신은 이미 유명하기 때문에 그런 것 아니냐'고 묻고 싶은 분도 있을지 모른다. 분명 그런 면도 있다. 이름과 얼굴이 알려지는 상황을 경험했기 때문에 그에 대한 환상이 별로 없는 것이 사실이다. 유명세의 해로움이 무엇인지도 잘 알고 말이다. 하지만 한편으로는 유명한 사람일수록 잊힐까봐 두려운 법이다. 그게 수많은 연예인들이 유튜브 콘텐츠를 만들고 있는 이유일 것이다. 새로운 경향에 동참하지 않으면 안 된다는 압박감도 다들 클 테다. 나도 예외는 아니다. '뭐라도 좀 해야 하나' 하는 생각이 들 때가 있다. 재미있는 게 있다면 할 수도 있다는 생각이기는 하지만, 적어도 아직까지는 내 일상의 일부를 콘텐츠로 만들고 싶지 않다. 이유는 간단하다. 일상이 콘텐츠가 되는 순간, 그것은 더이상 일상이 아니기 때문이다.

오랫동안 하루도 빠지지 않고 일기를 써왔다는 친구가 있었다. 나는 대단하다, 특별한 이유가 있었느냐고 물었다. 그렇게 하지 않으면 하루하루가 무의미하게 증발해버리는 것 같아서. 그것이 친구의 답이었다. 어쩌면 인스타그램이나 유튜브를 하는 많은 이들의 심정도 그와 비슷할지 모르겠다. 꼭 유명해지고 싶은 것이 아니라도, 무언가를 온라인에 업로드하고 남들과 공유하고 언제라도 찾아볼 수 있게 만들어놓으면 그 순간이 적어도 무의미하게 증발해버리지는 않을 것 같다는 느낌을 받는지도. 하지만 내 경우에는 반대의 생각이 들 때가 많다. 카메라를 드는 순간, 그리고 찍은 것을 온라인에 업로드하는 순간 내 일상이 흐려져버리는 느낌 말이다. 좋아하는 뮤지션의 콘서트를 보러 갔는데 멋지고 감동적인 장면이 펼쳐지면 (그리고 그게 촬영이 허용되는 공연이라면) 나도 모르게 휴대폰을 들어 사진이나 동영상을 찍게 된다. 그러다보면 어김없이 이런 생각이 든다. '내가 여기까지 와서 왜 휴대폰 화면을 통해 공연을 보고 있는 거지? 그것도 가장 멋진 장면을⋯⋯' 아름다운 풍경을 볼 때도 마찬가지다. 지난봄에는 동네에 있는 산에 자주 올랐는데, 어느 날 오르다보니 늘 지나던 양지바른 길목에 전에 없던 노랗고 조그만 꽃들이 듬성듬성 피어 있었다. 하도 예뻐서 사진을 찍었는데, 그걸 인스타그램에 올릴 생각을 하니 왠지 김이 빠졌다. 찍어놓은 꽃이 실제보다 훨씬 못생기기도 했고, 아무튼 영 내키지 않아서 그만두었다. 그후에도 여러 번 그 길목을 지났는데, 갈 때마다 그 수와 위치가 조금씩 바뀌었다. 매번 찍지 않고 그냥 눈에만 담았다. 그 덕분인지, 지난봄의 그 길목은 유난히 기분 좋았던 기억 중 하나로 남아 있다.

이따금씩 예능 프로그램에 출연하는 일이 있는데, 내가 출연한 프로그램들은 보통 재미있다는 이야기가 별로 안 나오고, 내가 봐도 별로 재미가 없다. 믿거나 말거나지만, 나는 적어도 그런 프로그램에 나온 장기하보다는 재미있는 사람이다. 사석에서 가까운 사람들과 이야기하다보면 내 농담에 크게 웃음이 터지는 경우도 있고, 꼭 의도된 농담이 아니더라도 나의 다소 멍청한 모습에 주변 사람들이 키득키득 즐거워할 때가 꽤 있다. 그럴 때면 '아니 왜 방송에 나가서 이렇게 안 하느냐'는 이야기를 종종 듣는다. 시대의 변화에 따라 이 말은 최근에 '이런 걸로 유튜브 콘텐츠를 왜 안 만드느냐'는 것으로 바뀌었다. 하지만 나는 카메라 앞에서는 아무리 노력해도 평소와 똑같이 행동할 수가 없다. 왜냐하면…… 카메라가 있기 때문이다. 카메라가 있는 상황은 내게 일상적이지 않다. 스마트폰보다 늦게 태어난 세대의 사람들이라면 카메라를 훨씬 일상적이고 자연스럽게 느낄 테다. 하지만 어쨌든 나는 그 세대에 속하지 않고, 그 세대를 반드시 본받아야 할 필요성도 아직까지는 느끼지 못하고 있다. 가장 자연스러운 나 자신의 모습은 카메라가 없을 때 나온다. 그리고, 사심 없이 뱉은 농담이 옆에 있는 몇몇에게 순수한 즐거움을 선사할 때, 그것만큼 기분 좋은 일도 별로 없다. 적어도 내게는 그렇다. 그 기쁨을 카메라를 들이밀어 훼손하고 싶지는 않다. 돌이켜보면 2008년 유월쯤 한 라이브클럽에서 〈싸구려 커피〉를 불렀을 때 내가 느낀 것도 비슷한 기쁨이었던 듯하다. 몇몇 이들의 카메라에 남아 있긴 하겠지만 그 외엔 별다른 기록 없이 그대로 증발해버린 순간이다. 카메라로 찍어도, 인스타그램에 올려도, 유튜브 콘텐츠로 만들어도, 삶은 결국 증발한다. 일거수일투족을 촬영해 몇 시간짜리 다큐멘터리로 만들어 넷플릭스에 공개한 인생이라 해도 예외는 될 수 없다. 비록 〈싸구려 커피〉는 그 당시의 즐거움을 잃었지만, 나의 일상에는 비슷한 즐거움이 얼마든지 남아 있다. 굳이 카메라로 찍고 온라인에 업로드해 많은 이들과 공유하지 않아도 좋은, 그런 종류의 즐거움 말이다.

라
임
의

함정

요즘 나오는 우리 가요 가사를 보면 '라임rhyme'을 맞춰 쓴 경우가 많다. 라임은 우리말로 하면 '가운'이다. 여러 줄로 이루어진 가사에서 각 줄의 끝부분에 비슷한 발음의 어휘를 배치해 운율을 만드는 방식을 뜻한다. 예를 들어, 래퍼 이센스의 〈그×× 아들같이〉라는 곡에는 이런 가사가 나온다. "걔네들이 처음 후달릴 때/날 보며 말할걸 와 쟤 아직 해?/ (…) / 내 또래들이 내가 운 좋은 삶이래." 여기서 각 마디의 마지막에 나오는 "달릴 때" "아직해" "삶이래"가 전형적인 각운이다. 마지막 세 글자의 모음을 '아, 이, 애'로 통일해 규칙적으로 들리게 만든 것이다. 이센스와 같은 힙합 뮤지션들 사이에서는 예전부터 라임을 지켜 가사를 쓰는 것이 일반적이었다. 하지만 이 경향이 힙합의 범주에 들지 않는 노래들에까지 퍼져나간 것은 최근의 일이다. 그런데 이런 현상이, 내게는 좀 꺼림칙하게 느껴진다.

나는 라임을 맞추는 것이 우리말로 운율을 만들기에 아주 적합한 방식은 아니라고 생각한다. 널리 퍼져 있는 생각은, 라임이 힙합 고유의 문법이라는 것이다. 그러니까 어느 나라 말로 하든 랩을 하는 사람이라면 라임을 지키는 것이 기본이라는 얘기다. 틀린 말은 아니다. 내가 좋아하는 힙합 영화 〈스트레이트 아웃 오브 컴턴〉 이나 다큐멘터리 시리즈 〈힙합 에볼루션〉 등을 보면 래퍼들 사이에서 "You know how to rhyme(너 라임 좀 뱉을 줄 아네)!" 같은 표현이 오가는 것을 자주 볼 수 있다. 이 말은 "너 랩 좀 할 줄 아네!"라는 말과 의미상 아무런 차이가 없다. 이렇게 랩 자체와 동일시될 만큼, 라임은 힙합 문화에 있어서 절대적인 요소인 것이다. 하지만 라임이 힙합의 전유물은 아니다. 영어로 된 가사라면 장르를 불문하고 모두가 공유하는 전통이다. 힙합이라는 용어가 만들어지기도 한참 전인 1963년에 발표된 비틀스의 노래 〈I Saw Her Standing There〉는 이런 구절로 시작한다. "Well, she was just seventeen/You know what I mean." 'teen'과 'mean'으로 라임을 맞춘 가사다. 1945년에 만들어진 재즈 스탠더드 곡 〈Autumn Leaves〉에는 이런 가사가 나온다. "Since you went away, the days grow long/And soon I'll hear old winter's song." 여기서는 'long'과 'song'으로 각운을 만들었다. 사실 이런 전통은 노래가사에만 국한된 것도 아니다. 대중음악이 생겨나기 전부터 영어권의 수많은 시인들이 라임을 맞춰

시를 써왔다. T. S. 엘리어트의 「황무지The Waste Land」는 이렇게 시작한다. "April is the cruellest month, breeding/ Lilacs out of the dead land, mixing." 'breeding'과 'mixing' 역시 라임이다. 라임은 힙합의 전통이 아니다. 영어의 전통이다.

영어권의 시나 노래에서 라임이 어떻게 일반적인 형식으로 자리잡았는지, 그 자세한 사정에 대해서는 나는 잘 모른다. 하지만 한 가지 확실한 것은, 영어 문장으로 라임을 맞추는 것이 한국어 문장으로 할 때보다 훨씬 쉽다는 것이다. 이것은 어순 때문에 생기는 차이다. 영어 문장은 명사, 동사, 형용사 등 여러 품사로 끝나고 종결어미가 없기 때문에, 문장을 끝맺는 발음도 다양하다. "I love you." "Where are you going?" "Yes, I can." "I'm fine." 이 네 문장만 봐도 유, 잉, 앤, 아인 등 제각각이다. 발음이 비슷한 단어들을 엮어 각운을 맞출 수 있는 경우의 수가 무궁무진하다는 뜻이다. 반면 한국어 문장들은 대부분 동사로 끝나는데다 종결어미도 있어서 마무리가 단조롭다. "사랑합니다." "어디 가?" "네, 할 수 있습니다." "난 괜찮아." 죄다 아, 하고 끝난다. 아마 칠십 퍼센트 이상의 문장이 그럴 것이다. 물론 '어' '에' '요' 등 몇 가지 경우가 더 있긴 하지만 영어에 비해 그 가짓수가 비교할 수 없이 적다는 것은 확실하다. 이것은 우리말이 운율을 만들기 불리한, 그러니까 음악적으로 열등한 언어라는 뜻인가? 나는 결코 그렇게 생각하지 않는다. 하지만 각운을 만드는 데 있어서만큼은 영어에 비해 불리한 것이 확실해 보인다.

그럼에도 불구하고 지난 이삼십 년 동안 우리말 라임은 그야말로 장족의 발전을 이뤘다. 우리말로 된 힙합 음악이 처음 나오기 시작할 때, 많은 전문가들이 우리말로 랩을 하는 것은 무리라고 말했다. 아마 내가 앞에서 말한 이유를 들어 그런 주장을 한 이들도 있었을 것이다. 하지만 세월을 두고, 많은 래퍼들이 우리말로도 다양한 각운을 만들어낼 수 있다는 것을 보여주었다. 요즘 나오는 랩을 듣다보면 라임을 만들어내는 방식이 참신해 무릎을 치게 되는 일이 많다. 앞에서 예로 든 이센스의 가사만 보더라도, 일상생활에서 흔히들 쓸 법한 평범한 문장들을 가지고 훌륭한 각운을 만들어내지 않았나. 이제는 아무도 우리말로 랩을 할 수 없다고 말하지 않는다. 한 사

람의 대중음악인으로서, 이것은 경의를 표할 만한 일이
라고 생각한다.

그런데 한 가지 마음에 걸리는 것이 있다. 언젠가부터
일부 래퍼들이 어순을 바꿔서 라임을 만들기 시작했다.
실제로 있는 곡을 예로 들면 '디스'하는 것처럼 보일지도
모르니 내가 방금 만들어본 짧은 구절 하나를 예로 들겠
다. "오늘도 걸었지 그 거리/너무나 아팠지 내 머리." 요
즘 랩에서 흔히 볼 수 있는 방식이다. 라임을 맞추기 위
해 일반적인 문장의 어순을 바꾸는 것이다. 일상생활에
서 "오늘도 걸었지 그 거리. 너무나 아팠지 내 머리"라고
말하는 사람은 (아마도) 없다. 물론 가사라는 것은 결국 시
고, 시에서라면 운율을 위해 이런저런 도치가 가능하다.
시인에게는 일상적인 어법을 어느 정도는 파괴할 의무
마저 있다는 것이 내 생각이다. 그러니 어느 래퍼가 "오
늘도 걸었지 그 거리/너무나 아팠지 내 머리"라는 랩을
한다고 해서 그게 잘못됐다고 말할 수 있는 근거는 전혀
없다. 다만 너무 많은 이들이 라임을 맞추기 위해서'만'
도치를 하고 있는 것이 내게는 좀 찜찜하다. 각운 외의
다른 목적을 가지고 어순을 바꾼 가사는 찾아보기 어렵

다(혹시 발견하신 분이 있다면 알려주시면 좋겠다). 그리고 이런 경향은 앞서 말했듯이 힙합뿐 아니라 우리 가요 전반에 퍼지고 있다. 결과적으로 영어의 모습과 비슷한 우리말 가사가 점점 늘어나고 있다. 거칠게 요약하자면, 영어 가사의 전통인 라임이 힙합이라는 한 장르를 타고 우리나라에 상륙했고, 이제는 모든 우리말 가사에 퍼져나가고 있으며, 그 결과로 우리말 가사의 구조가 점점 더 영어를 닮아가고 있는 것이다.

자랑스런 우리말을 영어적인 가사로 오염시켜서는 안 된다든지, 뭐 그런 이야기를 하고 싶은 것은 아니다. 언어란 어차피 끊임없이 변하는 것이다. 지금 우리가 명백한 표준어로 간주하는 우리말에도 중국어나 일본어의 흔적은 얼마든지 남아 있다. 아마 다른 많은 언어들도 이런저런 흔적을 남겼을 것이다. 영어는 말할 것도 없다. 지난 수십 년간 영어는 우리말에 절대적인 영향을 끼쳐왔다. 어쩌면 일상생활에서 "오늘도 걸었지 그 거리. 너무나 아팠지 내 머리"라는 말을 아무렇지도 않게 주고받는 날이 올지도 모른다. 다만, '그렇게까지 열심히' 라임을 맞춰야 하는 것인가, 하는 의문은 든다. 수많은 래퍼들이 증명했듯이 라임도 우리말로 운율을 만드는 훌륭한 방법이다. 그러나 유일한 방법은 아니다. 영어에 최적화된 각운을 우리말에 맞게 쓰는 방법을 연구해온 이들의 노고는 높이 산다. 하지만 그러는 사이에 우리말에 최적화된 방식들이 등한시되어온 것은 아닐까? 가까이에 있는 것들을 오히려 놓치고 있는 것은 아닐까?

 "꼭 그렇진 않았지만 구름 위에 뜬 기분이었어/나무 사이 그녀 눈동자 신비한 빛을 발하고 있네/잎새 끝에 매달린 햇살 간지러운 바람에 흩어져/뽀얀 우윳빛 숲속은 꿈꾸는 듯 아련했어." 산울림의 〈아마 늦은 여름이었을 거야〉의 가사다. 산울림의 음악을 처음 제대로 감상했을 때 나는 스물한 살이었다. 그때 나는 이렇게 생각했다. '아니, 우리말 운율의 교과서가 여기 있는데 왜 아무도 이렇게 안 하는 거지?' 뚜렷한 규칙성을 만드는 방법이 아니더라도 얼마든지 운율을 만들 수 있다. 나는 우리가 말을 뱉는 순간 이미 운율은 거기에 있다고 생각한다. 그것을 조금 더 듣기 좋게 정리하기만 하면 가사가 되는 것이다. 만약 반드시 규칙적인 운율을 갖추고자 한다면, 각운뿐 아니라 두운도 있다. 꼭 문장의 맨 끝 단어로만 운율을 만들라는 법은 없다. 첫 단어로도 얼마든지 가능하다. 앞서 말했듯이 우리말 문장은 어말의 발음이 단조롭다. 하지만 첫머리에는 아주 다양한 단어가 올 수 있다. 주어의 생략도 영어에 비해 자유롭기 때문에 두운에 있어서라면 우리말이 더 유리할지도 모른다. 내가 '장기하와 얼굴들'의 〈ㅋ〉이라는 노래에서 사용한 방식이 일종의 두운이다. "너는/쿨쿨 자나봐 문을/쿵쿵 두드리고 싶지만 어두/컴컴한 밤이라 문자로/콕콕콕콕콕콕 찍어서 보낸다" 하는 식으로 자음 'ㅋ'이 들어가는 단어들을 각 마디의 맨 앞에 배치해 규칙성을 만들었다. 주로 맨 끝 단어의 모음을 통일하는 각운과는 정반대의 방식인 셈이다. 물론 이 역시 여러 방법 중 하나일 뿐이고, 우리말로 자연스러운 운율을 만드는 방법은 무궁무진하다.

다시 이야기하는 것 같긴 하지만, 우리말을 더럽혀서는 안 되고 순수한 상태로 보호해야 한다는 식의 주장을 하고 싶은 생각은 없다. 어차피 순수한 언어라는 것은 존재하지도 않는다. 다만, 가사는 마음의 표현이지 않나. 마음이 말이 되고, 말이 음악이 되고, 그 음악이 다시 마음에 가닿는다. 일상생활에서 늘 사용하는 자연스러운 말에 담긴 운율을 고스란히 가사에 담으면 그 과정은 물 흐르듯 부드러워진다. 요즘은 우리 음악이 해외에서도 많은 사랑을 받고 있는데, 해외에서 큰 반응을 얻는 것을 목표로 쓰는 가사라면 영어의 방식을 차용하는 것도 좋은 방법일 테다. 하지만 나의 마음을 말로 표현해서 다른 이의 마음에 감응을 일으키는 것이 더 큰 목표인 경우라면, 그리고 우리말로 가사를 쓸 생각이라면, 역시 일상적이고 자연스러운 표현들을 사용하는 것이 더 낫지 않을까. 물론 남들에게 이 방식을 강권하고 싶지는 않다. '한국 대중음악인들이여, 자연스러운 우리말 가사를 씁시다!'라고 적힌 깃발을 흔들며 운동을 벌일 생각은 더더욱 없다. 그냥 몇몇 가사를 보며 좀 석연치 않았던 마음을 글로 풀어본 것뿐이다. 어쨌든 나는 되도록 자연스러운 우리말 가사를 쓰려고 노력해왔고, 앞으로도 그럴 생각이다. 어찌 보면 남들은 안 그러는 편이 나을지도 모르겠다. 그래야 내가 돋보일 테니까, 라고 하면 좀 얄미운가?

피
아
노
를

못 쳐도

생각해보면 후회만큼 쓸모없는 것도 세상에 없다. 지나간 일에 대해 아무리 생각해봤자 그 일이 바뀔 리 만무하기 때문이다. 물론 헛발질한 경험을 통해 자기 자신에 대해 반성하는 것은 의미가 있다. 그럼으로써 앞으로 해야 할 일을 더 잘하게 될 수도 있기 때문이다. 하지만 그런 행위를 우리는 후회보다는 성찰이라고 부른다. 후회는 그저 '아, 나 그러지 말걸!'이라고 되뇌는 것 외에 아무것도 아니다. 쓸모가 있을 리 없다.

어쩌면 후회를 포함한 이런저런 감정들은 기본적으로 쓸모와는 무관하게 움직이는지도 모르겠다. 예를 들어 사랑이나 미움 같은 감정도 쓸모랄 게 있느냐 하면, 잘 모르겠다. 사랑에 빠졌을 때는 그만큼 중요한 것도 없다고 느끼지만 끝나고 나면 왠지 큰 손해를 본 듯한 느낌을 받기도 한다. 양쪽 중 무엇이 더 큰가 하는 질문에는 답하기 어렵다. 미움이라는 감정 자체는 대다수 사람들에게 미움을 받고 있으니 쓸모없다 해도 반대하는 사람은 별로 없겠지만, 때로는 미움을 동력으로 생산적인 일을 벌이는 사람들이 있는 것도 사실이긴 하다. 그러나 그렇다고 해서 미움이 실용적인 쓸모가 있는 감정이라고 하기에는, 그것이 초래하는 불행이 너무 크다. 결국 사람의 감정이 현실적으로 유용한지 아닌지는 알기 어려운 것이다. 그런데 후회는 그런 정도가 아니다. 완전히 쓸데없는 감정인 것이다. 이런 생각이 워낙 확고해서인지 나는 후회를 하는 일이 잘 없다. 물론 놀림감이 될 만한 짓을 하거나 남의 기분을 상하게 하는 일이야 얼마든지 있다. 하지만 그러고 나서도 보통 후회를 하기보다는 사태를 수습하는 일에 곧바로 착수하는 편이다.

그런 나도 한 가지 일에 대해서만은 꽤 오랫동안 후회를 했었다. 드러머의 꿈을 접고 싱어송라이터로서 새 출발을 하려고 한창 준비하던 때에, 어렸을 적 피아노를 배우지 않은 것이 그렇게 후회가 됐던 것이다. 배울 기회가 없었던 것도 아니다. 초등학교 때 어머니는 나를 피아노학원에 보내주셨다. 처음에는 워낙 쉬운 것부터 배우니까 그럭저럭 따라갈 수 있었고, 기초 교재인『바이엘』은 뗐다. 하지만『체르니』첫 장을 펴는 순간, 이건 내가 도저히 칠 수 없는 악보라는 생각이 강하게 들었다. 연습하고 싶은 생각도 전혀 들지 않았다. 결국 어머니의 만류에도 학원을 그만두었다. 그러고 나서 이십 년 가까이 그 일은 거의 떠올리지도 않았는데, 작곡을 본격적으로 하려다보니 내가 피아노를 못 친다는 게 굉장히 답답하게 느껴지는 것이었다. 기타를 치면서 어느 정도의 코드 진행은 익혔고 그것만으로도 노래라고 할 만한 것을 만들 수는 있었지만, 섬세한 무언가를 만들어내려면 역시 건반을 자유자재로 다룰 줄 알아야 한다는 생각이 들었다. 그래서 집에 있는 피아노를 쳐보기도 하고 교재를 사서 연습해보기도 했지만 기초훈련이 돼 있지 않아 아무래도 원한 만큼 늘기는 어려웠다. 아, 그때 어머니 말씀을 듣고 진득하게 피아노를 배워둘걸, 하는 생각을 수도 없이 했다. 내 삶에서 좀처럼 마주치기 어려웠던 후회에 휩싸이게 된 것이다.

그 후회를 극복하기 위해 나는 내 나름의 이론을 만들었다. 그 이론을 한마디로 요약하면 이렇다. 연주를 잘하는 것과 좋은 음악을 하는 것은 별개다. 피아노 실력을 1부터 10까지 매길 수 있다고 치자. 1이 최하 10이 최상이다. 보통의 상식대로라면 1의 실력을 가진 사람에 비해 10의 실력을 가진 사람이 좋은 음악을 할 수 있는 확률이 크겠지만, 나는 그렇지 않을 수도 있다고 생각했다.

10의 사람이 하는 음악을 1의 사람은 따라 할 수 없다. 이 점에 대해서는 누구나 동의할 것이다. 중요한 것은 반대의 경우다. 1의 사람이 하는 음악 역시 10의 사람 입장에서는 절대로 따라 할 수 없는 것이다. 좋은 음악이란 창의적인 음악이고 창의성은 실력에 비례하지 않는다. 따라서 실력을 높이려고만 노력할 게 아니라 각자의 실력에 어울리는 나름의 창의적인 세계를 구축해나가면 되는 것이다.

물론 이것은 정해진 악보를 연주해야 하는 경우에는 해당되지 않는 얘기다. 당장 예술의전당에서 모차르트의 콘체르토를 공연해야 하는 상황에서 어제 바이올린을 배우기 시작한 사람이 나타나 "내 연주에도 나름대로의 세계가 있으니 끼워주시죠!"라고 말해봤자 아무도 상대해주지 않을 것이다. 하지만 새로운 음악을 만드는 일이라면 다르다. 연주가 서툴거나 노래를 잘 못하거나 화음에 대한 지식이 일천한 사람이라 해도 창작에 있어서는 결코 불리하다고 단정할 수 없고, 심지어 방향을 잘 잡는다면 자신의 단점을 장점으로까지 둔갑시킬 수 있다. 거기까지 생각이 미치자 내가 피아노를 배우지 않은 것을 후회할 이유가 전혀 없다는 생각이 들었다.

순전히 아전인수격의 이론이지만, 어쨌든 그 이론은 이후 나의 창작에 여러모로 매우 큰 도움이 되었다. 그리고 사실 그 이론을 뒷받침해줄 만한 음악도 세상에는 얼마든지 있다. 일례로 산울림의 〈아니 벌써〉를 들어보면, 연주 실력이 그야말로 형편없다. 일단 악기 연주들 간의 박자가 전혀 안 맞는다. 직업 음악인들만 감지할 수 있는 미세한 오류가 아니다. 취미로라도 악기를 좀 배워봤거나 그렇지 않더라도 웬만큼의 박자 감각을 타고난 사람이라면 누구나 알아챌 수 있는 정도다. 녹음 상태 역시 요즘의 가요를 만드는 대부분의 프로 스튜디오에서는 상상할 수 없는 수준이다. 하지만 그런 것들이 그 음악에 어떤 식으로든 단점으로 작용하느냐 하면 전혀 그렇지 않다. 오히려 그런 오류가 곡의 독특한 뉘앙스를 만들어준다. 그 미묘한 느낌은 경쾌하면서도 어딘가 음울한 가사와 기가 막히게 맞아떨어진다. 그 절묘한 조화가 〈아니 벌써〉를 명곡으로 만들어준 핵심적인 요인 중 하나라고 나는 생각한다. 그리고 그런 종류의 명곡은 아마 모차르트가 살아 돌아온다 해도 만들어낼 수 없을 것이다.

내가 지금 이런 생각을 하고 있는 이유는 분명하다. 2019년 한 해 동안 나는 단 하나의 노래도 만들지 않았다. 대략 십오 년 만에 처음 있는 일이었는데, 그냥 그런 시기가 필요하다고 생각해서 일부러 쉬었다. 남이 만든 음악을 이것저것 들어보며, 그리고 음악 외의 다른 것들도 고루 즐기며 한 해를 보냈다. 연말 즈음에는 내가 디뎌야 할 다음 발걸음이 머릿속에서 명확해지는 것을 느꼈다. 그리고 2020년 새해 첫날, 부푼 마음으로 작업실 책상에 앉았다. 매일 시간을 정해 작업하기 시작했고 이제 1월 17일이 되었다. 그런데, 그 이 주 좀 넘는 시간 동안 가장 많이 한 생각은 이것이었다. '와…… 내가 이렇게 할 줄 아는 게 없다니……' 당황스러운 기분이었다. 직업 음악인으로서 십 년 넘게 활동했고 작년 한 해의 휴식으로 충전도 웬만큼 됐다고 생각했는데, 막상 오랜만에 찾은 작업실에서 가장 먼저 나를 반겨준 것은 내 실력에 대한 좌절감이었던 것이다. 기타면 기타, 건반이면 건반, 프로그래밍이면 프로그래밍, 그 무엇이 됐든 잘하는 것은 하나도 없다는 것을 새삼 느꼈다. 멋진 음악을 만들고 싶은데 잘할 수 있는 게 없으니 마치 춤을 추고 싶은데 손발이 묶여 있는 듯한 기분이었다. 그런 마음으로 며칠을 보내던 중 잊고 있던 나의 이론이 문득 떠오른 것이다. 그리고, 새로운 좋은 것을 만들 수도 있을 것 같다는 느낌이 들었다. 지금의 내 실력에 걸맞은 무언가가 조립되지 않은 상태로 나의 손길을 기다리고 있을지도 모른다는 생각이 들었다.

십여 년 전 피아노 앞에서 떨쳐냈던 것과 비슷한 감정을 나는 지금 다시 떨쳐내려 하고 있다. 그때는 후회였지만 지금은 후회라기보다는 좌절감이다. 뚜렷한 대상은 없지만 열등감이기도 하다. 아마도 내가 바라는 나 자신에 대한 열등감일 터이다. 생각해보면 이런 종류의 감정은 후회보다도 더 쓸모가 없다. 그야말로 백해무익이다. 어쩌면 예전에 내가 떨쳐냈던 것도 후회를 가장한 열등감이었는지 모른다. 음악을 하고 싶은데 실력이 모자란 데서 오는 열등감. 그리고 열등감은 쓸모없고 말고를 떠나서, 후회만큼 쉽게 씻겨나가지는 않는 감정인 모양이다. 하지만 나는 알고 있다. 좀 열등하다 해도 별로 상관없고, 그것이 오히려 장점이 될 수도 있다는 것을 말이다. 피아노를 못 쳐서 아전인수격으로 지어낸 내 이론은 십여 년 동안의 음악활동을 거치며 좀더 힘을 얻은 셈이다. 여기까지 생각하다보니, 어쩌면 나의 실력이 아직도 대단치 않다는 것은 오히려 다행인지도 모르겠다. 여태까지 늘 내가 정한 이론대로, 어쭙잖은 실력으로도 요리조리 밀어붙여왔다. 그렇게 만든 음악을 좋아해준 분들도 꽤 있었다. 지금의 이 일천한 실력으로 또 한번 알뜰하게 뭔가를 만들어낸다면, 꽤나 나다운 무언가가 나오게 될지도 모르는 일 아닌가. 자, 이제 글은 여기까지 쓰고 오늘도 작업실로!

시
대
를

앞서간
명곡

"그 시대에 이런 음악이 있었다니 대단하군요!" "와, 정말 시대를 앞서 나간 패션이에요!" "이 디자인은 굉장히 세련됐네요. 옛날에 나온 거라고는 믿기지 않아요!" 이런 종류의 말들을 해보거나 들어보지 않은 사람은 아마 없을 것이다. 나로서는 좀처럼 이해하기가 어려운 말들이다. 사람들은 왜 자신이 이전 시대의 사람들에 비해 모든 면에서 우월하다고 생각하는 걸까? 왜 모두들 시간이 지날수록 모든 것이 나아진다고 생각하는 걸까? 왜 그걸 당연하게 여기는 걸까?

물론 과학기술은 발전한다. 거기에는 이론의 여지가 없다. 우리의 조상들은 사람이 하늘을 나는 것을 그저 상상만 했던 반면, 지금의 우리에게 비행기는 지루할 만큼 당연한 존재다. 굳이 비행기처럼 오래된 발명품에 대한 이야기를 꺼낼 것도 없다. 예전 같았으면 편지를 보낸 후 일 초도 되지 않아 상대방이 그것을 받아보는 것이 가능하다고 주장하면 미친 사람 취급을 받았을 것이다. 하지만 지금은 이메일이나 문자 메시지가 도착하는 데 일 초가 넘게 걸리면 사람들은 짜증을 낸다. 마흔도 채 되지 않은 내가 직접 겪은 두 시대다. 더이상의 예를 들 필요는 없을 것이다. 과학기술은 언제나 앞으로 나아간다. 시간이 지남에 따라 퇴보했다는 사례는 찾기 힘들다. 하지만 시간이 지날수록 나아졌는지 나빠졌는지 혹은 그대로인지를 쉽게 답할 수 없는 경우도 많다. 예술이 대표적인 예다.

예술은 앞으로 나아가는가? 인간은 시간이 지날수록 더 높은 수준의 아름다움을 추구하게 되는가? 이전 시대의 예술보다 지금의 예술이 더 발전된 것이라고 말할 수 있는가? 예술 분야 종사자나 미학자 정도가 되지 않고서야, 방금의 세 질문을 듣는 것만으로도 머리가 아파질 것이다. 걱정 말기 바란다. 이 자리에서 저 주제들에 대해 장황하게 떠들 생각은 없다. 나 역시, 나름대로 예술 분야 종사자이지만, 저 세 문장을 쓰는 것만으로 머리가 아파졌기 때문이다. 하여튼 그만큼 답을 내기 어려운 질문들인 것은 분명하다.

예술 전체에 대해 생각하기는 버겁겠지만, 내가 직업으로 삼고 있는 대중음악에 대해서는 몇 마디 해볼 수 있을 것 같다. 대중음악은 시간이 지날수록 발전하는가?

왜인지 잘 모르겠지만 이 질문에 대해서는 대부분의 사람들이 그렇다고 생각하는 듯하다. 그러지 않고서야 '시대를 앞서간 음악' 같은 표현이 그토록 자주 쓰일 리가 없다. 예전의 음악들 중 대부분은 요즘 것보다 못하지만 일부 음악은 '예외적으로 마치 최근의 음악처럼' 발전된 모습을 보여주었다, 뭐 그 정도 의미이니 말이다. 앞 문장까지 쓰고 한참을 고민해봤지만 정말 도저히 모르겠다. 왜 그렇게 많은 사람들이 그런 생각을 갖게 되었는지 말이다. 물론 대중음악계에서도 과학기술은 앞으로 나아간다. 요즘은 인공지능을 작곡에 도입하는 경우도 많아졌다. 다른 나라에 사는 사람과 직접 만나지 않고 온라인으로 협업을 해서 음악을 내는 일도 많다. 부피가 크고 값도 비싼 악기와 장비들을 거의 똑같이 모사한 저렴한 소프트웨어를 컴퓨터에 수도 없이 깔아놓고 작업하는 것은 이제 당연한 일이 되었다. 하지만 이런 일들이 정말로 대중음악 자체를 좀더 나은 것으로 만들고 있는가? 다시금 머리가 아파지는 대목이다.

음반을 사서 음악을 듣던 시대와 스트리밍 서비스로 음악을 듣는 지금을 비교해보면, 가장 큰 변화 중 하나가 사람들이 하나의 앨범을 처음부터 끝까지 듣는 일이 확연히 줄었다는 점이다. 늘 음반 단위로 음악을 발표해 온 나 같은 사람도 평소에 음악을 들을 때는 한 음반을 다 듣는 경우가 드물다. 자연스러운 일이다. 2000년대 초반만 해도 음악을 들으려면 열 곡쯤 들어 있는 음반을 사야만 했다. 사고 나면 돈이 아까워서라도 모든 곡을 일단 다 듣는 수밖에 없었다. 하지만 지금은 한 달에 만 원 정도 내면 전 세계의 거의 모든 음악을 들을 수 있다. 듣고 싶지 않은 곡을 꾹 참고 들을 이유가 전혀 없다. 편의성에 있어서야 두말할 것 없이 크나큰 진보다. 그런데 이런 변화에 따라 앨범 단위로 음악을 발표하는 일도 점점 줄어들고 있다. 영화로 따지면 장편영화가 점점 줄어들고 있는 것과 비슷하다. 이것은 좋은 일인가? 이로 인해 대중음악이라는 것이 전반적으로 나아지고 있다고, 세련되어지고 있다고 할 수 있나? 장편영화라는 것이 없는 세상도 나름대로 잘 굴러갈 것이다. 우리가 상상할 수 없는 장점도 있을 것이다. 하지만 우리는 장편영화가 있기 때문에 누릴 수 있는 게 무엇인지 잘 알고 있다. 그리고 그것을 누릴 수 없게 되었을 때 큰 상실감을 느낄 사람은 아마도 꽤 많을 것이다.

대중음악에 대해 이야기하는 것도 만만찮으니, 나라는 한 사람에 대해 생각해본다. 나는 어떤가? 시간이 지날수록 나아지고 있는가? 역시나 쉽게 답을 할 수 없다. 사십 년 가까이 살아오면서 나름대로 쌓인 지혜는 있다. 다양한 경험을 하고 많은 사람을 만난 결과, 전에는 그저 알 수 없다고만 생각했던 일들에 대해서도 이제는 어느 정도 이해할 수 있게 되었다. 음악을 하는 능력은 여전히 대단치 않은 수준이지만 처음 시작했을 때보다는 아무래도 좀 늘었다. 노래도 약간 늘었고 음악을 대하는 태도는 좀더 유연해졌으며 업계의 생리에 대해서도 어느 정도 감이 생겼다. 하지만 퇴보한 것도 많다.

어렸을 때 가졌던 세상에 대한 막연한 호기심은 많이 줄어들었다. 체력도 기억력도 예전만 못하다. 이십대의 내가 노래하는 영상을 보면, (워낙 그 모습이 칙칙해서 발견하기 쉽지는 않지만) 그야말로 날것 같은 펄떡임이 느껴진다. 아마 그런 종류의 매력은 이제 가지기 어려울 것이다. 그동안 살면서 획득한 플러스와 마이너스 중 어느 것이 더 큰가. 답하기 어렵다. 어느 시대의 음악이 더 세련되었나 하는 질문만큼이나 말이다. 명백한 것이 한 가지 있기는 하다. 그것은 내가 한 걸음 한 걸음 죽음에 다가가고 있다는 사실이다. 그것만은 확실히 말할 수 있다. 그리고 그것은 당연히 나에게만 해당하는 이야기는 아니다. 모든 것은 결국 사라진다. 로큰롤도, 장편영화도, 인류도 아마도 언젠가는 사라질 것이다.

모두에게 확실한 것은 매 순간 죽음에 가까워지고 있다는 것뿐이다. 그리고 그 사실을 정면으로 마주했을 때 슬퍼지지 않기는 매우 어렵다. 어쩌면 시간이 지남에 따라 모든 것이 나아지고 있다는 믿음은, 죽음을 잊기 위한 몸부림인지도 모른다. 우리는 매 순간 죽음에 가까워진 딱 그만큼의 희망을 어떻게든 상상해내야만 제대로 살아갈 수 있는 것인지도 모른다. 생각이 여기까지 미치니, "그 시대에 이런 음악이 있었다니 대단하군요!"라는 말에 대한 느낌이 좀 달라진다. '뭐야, 뭐 그런 소리를 해'라는 생각이 들기보다는 뭐랄까, 연민의 마음이 생긴다. 내 시대에 대한 우월감을 가지는 것이나, 내가 이렇게 글을 쓰는 것이나, 연인과 만나 데이트를 하는 것이나, 맛있는 요리를 먹는 것이나, 결국 그저 죽음을 잊고 하루를 기분 좋게 살아보려는 노력인 것이다. 이런 깨달음을 얻었으

니 내 삶은 또하나의 플러스를 획득했다, 는 기분을 느끼
며 또 한번 저물어가는 하늘을 바라본다.

아
무
래
도

뾰족한
수는

행복 앞에 뾰족한 수는 없다. 그게 내 기본적인 생각이다. 돈이 많든 적든 재능이 많든 적든 인기가 많든 적든 나이가 많든 적든 애인이 있든 없든 집이 있든 없든 키가 작든 크든 그 무엇을 가졌든 못 가졌든 행복이란 누구에게나 대략 비슷하게 도달하기 어려운 목표라는 얘기다. 물론 각자 무엇을 가졌는가에 따라 사회적 성공에 다다를 수 있는 가능성은 달라진다. 거기에 있어서 세상은 결코 공평하지 않다. 하지만 행복은 다른 문제다. 그 어떤 사회적 성공도 행복을 보장해주지는 못한다. 많은 경우에, 사람들은 그 성공을 손에 넣는 순간 자신이 그걸 얼마나 절실히 원했었는지 잊어버린다. 혹은 그 성공으로 인해 완전히 새로운 종류의 불행을 맞이하기도 한다. 모든 사람은 각자의 눈앞에 놓인 불행을 어떻게든 헤치고 나름의 행복에 닿고자 막연한 고군분투를 하고 있다. 이게 여태까지의 삶이 내게 가르쳐준 바다. 물론 앞으로 이 생각을 뒤집어줄 사람이나 사건을 만나게 될지도 모른다. 하지만 아직은 그런 적이 없다.

행복 앞에 뾰족한 수가 없다는 점에서 결국 모두가 평등한 셈이므로 나보다 나아 보이는 사람을 보며 부러워할 이유는 전혀 없다고 생각하기 때문에 나는 남과 나 자신을 비교하여 주눅드는 일이 잘 없다…… 면 참 좋겠지만 실상은 전혀 그렇지 않다. 하루에도 수십 번씩, 남들보다 못났다는 생각 때문에 마음이 쪼그라든다. 특히 인스타그램을 열면 내 피드에 등장하는 거의 모든 사람들에게 주눅이 든다. 지금 내 팔로어 수는 약 5만 5000명이다. 많은 숫자다. 특히 내가 재밌는 사진이나 동영상을 올리는 일이 딱히 없는 것을 생각하면 그렇게 많은 분들이 나를 계속 팔로하고 있다는 건 대단히 고마운 일이다. 가끔 시답잖은 스토리를 올려도 그걸 수천 명이 보아준다. 분에 넘치게 큰 관심을 받고 있다고 하지 않을 수 없다. 만약 전 세계 인스타그램 사용자들을 모두 한자리에 모아 팔로어 수 순서대로 줄을 세운다면 아마 나는 어느 정도 앞쪽에 자리잡게 될 테다. 그 외에도 5만 5000명이 나를 팔로하고 있다는 사실이 감격스러운 이유는 수도 없이 댈 수 있다.

하지만 이상하게도, 피드를 살피다보면 그중 단 하나를 떠올리기도 쉽지 않다. 대신 나보다 팔로어 수가 많은 사람들을 보며 좌절감을 느끼게 된다. 나는 서두에서 말한 이유로, 팔로어 수가 많든 적든 전혀 상관없다고 생각한다. 진심이다. 하지만 인스타그램을 켜는 순간 그런 생각은 기억 저편으로 날아가버린다. 나도 나름 연예인인데 대체 왜 이렇게 팔로어 수가 적은가, 나보다 커리어를 훨씬 늦게 시작한 이들도 나보다 팔로어 수가 많은데 나는 과연 무얼 잘못하고 있는 것인가, 역시 이 바닥에서 더이상 내가 설 자리는 없는 걸까, 나는 망한 걸까⋯⋯ 등의 생각이 끝도 없이 이어진다.

팔로어 수는 주눅이 드는 수많은 이유 중 하나일 뿐이다. 저 사람은 농담을 잘하는데 왜 나는 못할까, 저 사람은 턱선이 날렵한데 왜 나는 둥글까, 저 사람은 허리에 군살이 없는데 왜 나는 있을까, 저 사람은 젊은데 왜 나는 늙었을까, 저 사람은 예쁜데 왜 나는 못생겼을까, 저 사람은 자신감이 있는데 왜 나는 없을까, 저 사람은 사진을 잘 찍는데 왜 나는 못 찍을까, 저 사람은 음원 차트에서 일등을 하는데 왜 나는 못할까, 저 사람은 옷을 잘 입는데 왜 나는 못 입을까, 저 사람은 요리를 잘하는데 왜 나는 못할까, 저 사람은 정의로운데 왜 나는 비겁할까, 저 사람은 밝은데 왜 나는 어두울까, 저 사람은 연주를 잘하는데 왜 나는 못할까, 저 사람은 부지런한데 왜 나는 게으를까, 저 사람은 영어를 유창하게 잘하는데 왜 나는 더듬더듬 못할까, 저 사람은 유튜브 콘텐츠를 잘도 하는데 왜 나는 엄두도 못 낼까…… 죄다 나열했다가는 지면을 하염없이 낭비하게 될 것이다.

물론 앱을 닫고 가만히 앉아 그 감정들을 하나하나 떠올리며 실체나 쓸모가 있는지 따져보면 좌절감은 서서히 씻겨 내려간다. 내가 코미디언도 아닌데 꼭 늘 농담을 잘해야 하나? 그리고 생각해보면 내 농담에 사람들이 웃는 경우도 종종 있지 않은가. 사람 턱이 꼭 날렵해야만 맛인가? 둥그스름한 곡선이 있는 것도 나름 편안해 보이고 좋을지 모른다. 허리에 군살이 좀 있다 한들 건강에 해로울 정도만 아니면 뭐가 문제인가? 마른 체형의 사람들이 매체에 지나치게 많이 등장하는 것이 미의 기준을 왜곡시키고 있으며 보는 이들의 스트레스를 조장하고 있다는 것쯤은 상식 아닌가. 내가 십대나 이십대의 사람들보다 늙었다는 게 뭐가 어떻단 말인가? 자연스러운 일이고, 내가 딱히 예전으로 돌아가고 싶어하는 것도 아니지 않나. 꼭 모든 사람이 예쁘게 생겨야 하나? 내 외모

에도 나름의 개성과 장점이 있다. 심지어 특정한 취향의 사람들에게는 잘생겼다는 얘기도 듣는다. 인스타그램에 자신감 있는 모습을 올리는 사람들도 하루 이십사 시간 일 년 삼백육십오 일을 그런 모습으로 살아갈 리는 없다. 그런 점에선 나나 그 사람들이나 별다를 바 없을 것이다. 내가 전문 사진가도 아닌데 꼭 사진을 잘 찍어야 하나? 내가 찍은 사진이 대단찮다고 해서 누가 뭐라고 한 것도 아니지 않나? 내가 음원 차트에서 일등을 못하는 게 억울할 이유는 전혀 없다. 나는 음악을 내가 하고 싶은 대로만 하지 않나. 게다가 놀랍게도 그걸 좋아해주는 분들이 많아서 심지어 음악으로 먹고살고 있다. 유행의 동향을 진지하게 분석해본 적도 없는 주제에 차트 일등까지 바라는 건 뻔뻔한 일이다. 옷을 대단히 잘 입지 않으면 어떤가. 내가 평소에 옷에 엄청난 관심을 갖는 편도 아니고 패셔니스타로 정평이 나고 싶은 것도 아니지 않나. 나란 사람에게 어울릴 정도로는 충분히 잘 입고 있다. 셰프가 아닌 이상 온갖 요리를 다 섭렵할 필요는 없다. 그리고 취미로 이것저것 만들어 먹을 수 있는 정도의 소질이라면 내게도 있다. 세상에 정의롭기만 한 사람이 어디 있겠나. 그리고 내가 정의로운 사람으로 이름을 떨치고 싶은 것도 아니지 않나. 대단한 정의를 실현하지 않더라도 남에게 피해를 주는 일을 열심히 피하며 산다면 그럭저럭 괜찮은 삶이 될지도 모른다. 세상에는 밝기만 한 사람도 어둡기만 한 사람도 없다. 나도 그렇고 자신의 밝은 모습을 주로 포스팅하는 사람들도 마찬가지일 것이다. 연주를 못하면 또 어떤가. 나는 연주자가 아니라 싱어송라이터다. 좋은 연주자들을 만나기만 하면 된다. 어떤 사람이 부지런한지는 가늠하기 어려운 문제다. 나도 게으르기만 한 것은 아니고 인스타그램 속 부지런한 사람들도 평소에는 어떨지 알 수 없다. 내가 아무리 십대와 이십대 때 영어 공부를 열심히 했다 한들 요즘은 거의 하지 않는다. 영어권에서 살아본 적도 없다. 그런데도 영어를 대단히 잘한다면 오히려 이상한 일일 테다. 또 비록 서툴지만 외국인을 만나도 웬만큼의 의사소통은 하지 않나. 내 직업에 그 이상의 실력이 필요한 것도 아니고 말이다. 꼭 모든 사람이 유튜브 콘텐츠를 만들어야 하는 건 아니다. 그리고 내가 지금 유튜브에 아무것도 올리지 않고 있다고 해서 내 인생이 잘못된 방향으로 흘러가고 있다는 징후는 딱히 보이지 않는다.

이렇게 한참 동안 생각하고 나면 다시 마음이 편해진다. 실질적인 문제는 아무것도 없다는 것을 깨닫게 된다. 인스타그램 따위는 잊어버리고, 침대에 몸을 기대 좋아하는 책을 집어들어 읽고 싶은 만큼 읽고, 일기장을 펼쳐 내 삶은 대체로 잘 굴러가고 있다고 쓰고, 스탠드 조명을 끈 뒤 그대로 기분 좋은 잠으로 빨려들어가…… 려는 순간 카톡이 하나 온다. 확인하고 나서는 습관적으로 인스타그램을 연다. 오 분이 채 지나기도 전에, 나는 그 모든 생각을 또 한번 되풀이하고 있는 나 자신을 발견한다. 저 사람은 농담을 잘하는데 왜 나는 못할까, 저 사람은 턱선이 날렵한데 왜 나는 둥글까, 저 사람은 허리에 군살이 없는데 왜 나는 있을까…… 휴…… 왜 이걸 수백 번씩 반복해야만 하는 걸까? 어떻게 하면 이 쳇바퀴에서 완전히 탈출할 수 있을까? 아무래도, 뾰족한 수는 없는 것 같다.

사
막
에
서

혼자

몇 년 전에 처음으로 사막에 가봤다. 노래를 녹음하기 위해서였다. 나는 새 음반을 준비하던 중이었다.《mono》라고 이름 붙인, 결과적으로 '장기하와 얼굴들'의 마지막 앨범이 된 음반이었다. 사막에 간 이유는 이랬다. 앨범에 들어갈 아홉 곡을 만들어놓고 보니 모든 노래를 관통하는 키워드가 '혼자'였다. 그래서 악기 녹음을 마무리한 후 보컬 녹음만을 남겨놓고 있을 때, 노래만은 어떻게든 내가 혼자라는 기분을 충분히 느끼며 녹음하고 싶다는 생각이 들었다. 서울이 아닌, 어디가 됐든 외딴 곳에 간단한 장비를 가지고 가서 혼자 녹음을 하기로 결심했다. 이런저런 여행지들을 검색하던 중 유독 눈에 들어온 풍경이 있었다. 끝도 없는 허허벌판에 커다란 바위 더미와 이상하게 생긴 나무들이 듬성듬성 서 있는 모습이었다. 지명은 '조슈아트리'. 검색해보니 미국 캘리포니아에 있는 사막지대였다. 왠지 내 목적에 적합한 장소라는 확신이 들었다. 그런데 알고 보니 그곳은 내가 잘 알고 지내는 뮤지션 강산에 형님이 인생 최고의 여행지로 기억하시는 곳이었다. 산에 형님께 전화를 해 이것저것 물어보았는데, 형님은 한 가지 반가운 소식을 들려주셨다. 형님이 그곳을 여행할 수 있었던 것은 그 지역을 손바닥 들여다

보듯 잘 아는 한 친구분이 안내해주신 덕분이었는데, 엘
에이에 사시는 그분이 마침 곧 서울에 들르신다는 것이
었다. 산에 형님께 청해 며칠 후 그 친구분을 뵈었다. 그
형님께 사정을 설명했더니 흔쾌히 내 여행을 도와주겠
다고 하셨다. 그리고 대략 한 달 뒤, 나는 조슈아트리에
도착해 있었다.

　형님이 운전하시는 캠핑카를 타고 조슈아트리로 들어
갔다. 그리고 한 캠핑장에 자리를 잡았다. 그곳에서 일주
일 정도 머물렀다. 하루 일과는 대략 이랬다. 아침식사를
하고 나면 녹음 장비와 점심거리를 배낭에 넣고 형님과
함께 캠핑장을 떠난다. 삼십 분에서 한 시간쯤 걸으면 사
방에 사람이 아무도 없고 인공적인 시설도 전혀 보이지
않는 사막 한복판에 도착한다. 형님은 나를 적당한 곳에
데려다놓고 개인적인 탐험을 즐기기 위해 다른 곳으로
가신다. 그러면 나는 혼자 노래를 녹음한다. 해가 저물기
전에 형님이 나를 데리러 오신다. 형님과 함께 캠핑장으
로 돌아가 저녁을 먹는다. 그리고 나면 그날 녹음한 파일
들을 확인한 후 캠핑카 안에서 잠을 잔다.

적막한 사막 한가운데서 혼자임을 절실히 느끼며 녹음을 하다보니 노래들에 완전히 빠져들 수 있었고 서울에 돌아와 다른 악기들과 섞어 들어보니 그 조화가 눈물이 흐를 만큼 아름다웠다······ 면 좋았겠지만 아쉽게도 그렇지는 않았다. 아무런 인공물도 없는 대자연의 한복판에서 배낭에 휴대할 수 있는 장비만으로 녹음을 하다보니 녹음의 질을 확보하는 데 아무래도 한계가 있었다. 그곳에서 녹음을 다 끝내지 못한 곡도 하나 있어서 어차피 돌아와서 추가 녹음을 하긴 해야 했는데, 서울에서 제대로 된 장비로 그 곡을 녹음해보니 음질이 사막에서 한 것과는 비교할 수 없이 좋았다. 그리고 무엇보다, 사막에서 신곡들을 매일 부르다보니 내가 그 노래들을 확연히 더 잘하게 된 것이다. 재녹음을 하지 않을 이유가 없었다. 결국 모든 곡을 다시 불렀고, 사막에서 녹음한 소리는 거의 아무것도 쓰지 않았다. 노래 연습을 실컷 했다는 점에서 음반에 도움이 된 셈이기도 했지만, 원래 목표했던 바를 생각하면 아무래도 성공적이라고 할 수는 없는 여행이었다.

하지만 나는 그 여행에 대해 아무런 후회도 없다. 여행

자체가 매우 훌륭했기 때문이다. 행복한 순간들이 많이 있었는데 그중에서도 유독 기억에 남는 밤이 있다. 앞서 말했듯이 매일 밤 잠은 캠핑카 안에서 잤다. 그런데 하룻밤만은 그러지 않았다. 형님이 하루 정도는 사막 한복판에서 혼자 노숙을 해보는 것이 어떠냐고 권하셨던 것이다. 아무도 없는 허허벌판에서 홀로 하룻밤을 보내는 것은 특별한 경험이 될 거라는 말씀이었다. 주변에 사람을 해칠 만한 동물들이 사는 것도 아니고, 밤이 되면 기온이 떨어지기는 해도 여름철이라 추워서 떨 정도는 아니며, 워낙 습도가 낮은 지역이기 때문에 새벽에 이슬에 젖을 일도 없다는 것이었다. 나는 새로운 경험을 해보는 것을 좋아하는 편이고, 설명을 듣고 나니 대단한 위험을 무릅써야 하는 것도 아닌 듯하여 흔쾌히 그러겠노라고 했다. 무엇보다 홀로 달빛과 별빛을 받으며 노래를 녹음해보고 싶었다. 낮과는 완전히 다른 기분일 것 같았고, 무언가 색다른 느낌의 결과물을 얻을 수 있을 거라는 기대도 있었다.

여느 날처럼 해질녘이 되기 전에 형님이 내가 녹음을 하는 곳으로 오셨다. 거기서 미리 싸 온 음식을 꺼내 함께 저녁을 먹었다. 식사를 마친 뒤 형님은 내가 침낭을 깔고 잘 만한 평평한 바위를 찾는 것을 도와주셨다. 그러고는 본인도 아주 멀지는 않은 곳에 자리를 잡을 테니 혹시 무슨 일이 생기면 자기 이름을 크게 부르라는 이야기와 함께, 나를 혼자 두고 떠나셨다.

해는 저물고 사방은 점점 어두워졌다. 배낭과 침낭을 바위 위에 두고 주변을 이리저리 걸어다녀보았다. 며칠을 지내는 동안 나도 가까운 곳의 지형 정도는 익숙해진 터였다. 저물어가는 해 때문에 눈에 익은 풍경이 시시각각 다른 색깔로 바뀌었다. 짐이 있는 곳에 돌아왔을 때는 엷은 햇빛마저 완전히 자취를 감춘 뒤였다. 하지만 결코 칠흑 같은 어둠이라고는 할 수 없었다. 주변 지형의 생김새를 알아보는 데는 아무런 지장이 없었다. 오직 달과 별의 빛만으로도 꼭 봐야 할 것은 다 볼 수 있다는 것이 신기했다. 하지만 더 신기한 것은 내 마음이었다. 나는 완전히 혼자였지만, 외롭지도 두렵지도 않았다. 며칠째 보았기 때문에 눈에 익은 지형이긴 했지만 달과 별에만 의지해 바라보는 것은 처음이었다. 낯설었다. 그런데 그 모습이 밝을 때보다도 오히려 더 친근하게 느껴졌다. 기온은 조금씩 떨어지고 있었지만 왠지 더 따뜻한 기분이었다. 낮에는 그저 무심하게만 보였던 모랫바닥과 바위 더미와 나무들이 왠지 살아 움직이는 듯한 느낌이 들었다. 그리고 그 느낌은 전혀 위협적이지 않았다. 그들이 나를 살뜰히 보살펴주는 것까지는 아니어도, 내심 다정한 마음을 품고 내 곁을 지켜주는 것 같았다. 산울림의 노래 〈무지개〉의 한 구절같이 짐짓 "구경꾼처럼 휘파람을" 부는 듯한 느낌이었달까. 그리고 무엇보다, 그 밤 풍경은 기가 막히게 아름다웠다. 한 폭의 수묵화 같았다. 나는 생각했다. 내 노래 따위로 이 풍경을 오염시켜서는 안 되겠다고 말이다.

달빛을 받으며 노래를 녹음하고 싶다는 생각은 말끔히 사라졌다. 아무 소리도 내고 싶지 않았다. 아니, 내서는 안 된다고 생각했다. 그 밤이 품은 아름다움의 화룡점정은 바로 적막이었다. 그것을 깨버리는 것은 용서할 수 없는 일로 여겨졌다. 마치 미술관에 걸린 명화에 내 붓으로 덧칠을 하는 것이 말도 안 되는 일인 것처럼. 그리고 나는 옷을 벗어야겠다고 생각했다. 겉옷 속옷 할 것 없이 실오라기 하나 남기지 않고 다 벗었다. 그리고 내 키보다 조금 더 큰 바위 위에 올라가 두 팔을 벌리고 가만히 서 있었다. 부드러운 바람이 내 온몸을 훑고 지나갔다. 나는 더이상 풍경을 바라보고 있지 않았다. 풍경의 일부가 되어 있었다. 완벽한 행복의 순간이었다. 어쩌면 행복과 불행을 따지는 것이 무의미해지는 순간이었는지도 모르겠다. 바위 위에서 몇 분쯤 서성거리다 내려와 다시 옷을 입고 침낭으로 들어갔다. 그 경험이 더 오래 지속되기를 바랐을 법도 한데, 충만함이 너무 크다보니 오히려 미련이 생기지 않았다. 오늘의 행복은 이것으로 충분하다, 이제는 잠을 자는 일만 남았다, 그것이 그때 내가 한 생각이었다. 웃음을 머금은 채로 눈을 감았고 나는 금세 잠속으로 빨려들어갔다. 하지만 맨바닥에 침낭을 깔고 자는 것이 자주 있는 일은 아니다보니, 아무래도 편하지는 않았던 모양이다. 얼마 지나지 않아 다시 눈을 뜨게 되었는데, 그때 나는 나도 모르게 이렇게 외치고 말았다. "씨발, 이게 뭐야!?"

  잠에서 막 깬 내 눈에 들어온 밤하늘은 몇 시간 전과는 완전히 달라져 있었다. 잠들 무렵에도 별은 놀라울 만큼 많았지만, 이제는 그 수가 열 배 정도로 늘어나 있었다. 별이 그렇게까지 촘촘히 떠 있는 것을 나는 본 적이 없다. 과학 서적에서 본 사진들도 그 정도는 아니었다. 달 때문이었다. 휘황한 달빛에 가려 보이지 않았던 작은 별들이, 달이 지고 나자 일제히 모습을 드러냈던 것이다. 장관이었다. 그것을 보며 느낀 황홀감은 그 무엇과도 비교할 수 없다. 사십 년 가까이 사는 동안, 나는 그전에도 후에도 그런 종류의 기분을 느껴본 적이 없다. 그다음에 내가 무얼 했는지는 잘 기억나지 않는다. 옷을 한 번 더 벗어보았던 것 같기도 하고 아니었던 것 같기도 하다. 한 번 더 잠이 들었던 것 같기도 하고 해가 뜰 때까지 깨어 있었던 것 같기도 하다.

요 며칠 주변 사람들과의 관계 때문에 마음 쓸 일이 좀 있었다. 내가 좋아하는 두 사람이 생각의 차이 때문에 서로를 힘들게 하고 있었다. 나는 자연스레 그 대화에 참여하게 되었고, 양쪽의 입장을 더 잘 이해하게 되었다. 그 과정에서, 둘 사이에는 절대로 타협할 수 없는 부분이 있다는 것을 알게 되었다. 그리고 나 역시 둘과 함께 살아가려면 가볍지 않은 마음의 짐을 져야만 한다는 것 또한 느끼게 되었다. 그들과 이야기를 나누는 동안, 그리고 혼자 이야기를 곱씹는 동안, 나는 슬프기도 했고 화가 나기도 했고 외롭기도 했다. 연민의 마음을 느끼기도 했고 원망 때문에 괴롭기도 했다. 그러다 오늘 문득 그 밤이 떠오른 것이다. 내 곁에 사람이라고는 단 한 명도 없었지만 그 어떤 외로움도 느끼지 못했던 그날 밤의 기분이 말이다. 사람의 언어를 알지 못하는 달과 별과 바위와 모래와 나무가 내게 말을 걸어왔던 일이 말이다. 그때 나는 혼자임을 온전히 느낄 수 있었고, 동시에 그것을 완전히 잊어버릴 수 있었다. 더 정확히 말하자면, 내가 혼자이든 아니든 아무런 상관도 없어지는 순간이었다. 오랜만에 그날의 기분을 한참 떠올리고 있자니, 며칠 동안 나를 괴롭히던 상념들도 왠지 조금은 옅어지는 듯하다. 뭐 그리 큰일이라고 머리를 싸맸던가 싶기도 하다.

생각해보면 묘한 일이다. 혼자라는 기분으로 만든 노래들이 나를 사막으로 이끌어주었다. 사막에서 혼자 보낸 밤은 내게 형용하기 어려운 충만함을 선물해주었다. 그리고 그날 밤에 대한 기억은 오늘, 내가 사람들과 함께 잘 살아갈 수 있도록 어깨를 다독여주고 있다. 지금 쓰고 있는 이 글도, 어쩌면 지금으로서는 상상하기 어려운 어딘가로 이미 나를 데려가고 있는지 모른다.

인
공
지
능
의

바다

주변의 거의 모든 사람들과 마찬가지로, 나도 주로 스트리밍 앱을 이용해 음악을 듣는다. 내가 구독하는 앱은 'For You'라는 페이지를 통해 내가 좋아할 만한 음악들을 추천해준다. 하지만 나는 최근까지도 그 페이지를 잘 열어보지 않았다. 음악으로 먹고살아온 지도 십 년이 넘는다. 당연히 내 나름의 취향이 있고 그 취향에 대한 자부심도 있다. 스트리밍 서비스에서 자동으로 제공되는 추천곡들보다는 내가 직접 검색하거나 동료들이 추천하는 음악이 더 나을 거라고 생각했다. 적어도 나 자신의 만족을 위해서라면 말이다. 그것은 경험으로 검증된 사실이기도 했다. 이따금씩 '장기하님을 위한 추천'이라는 제목으로 올라오는 곡들을 들어보면 한숨이 나왔다. '쯧쯧, 내가 들었던 음악들을 바탕으로 고작 이런 걸 추천하다니, 아직 멀었군'이라는 생각이 들곤 했던 것이다.

그런데 딱 이 주 전(오늘은 2020년 2월 27일이다), 차를 좀 오래 몰아야 할 일이 생겨 뭘 들을까 하던 중 'For You' 페이지의 'Chill Mix'라는 플레이리스트를 열어보았다. 부제는 '나만의 휴식시간'으로 되어 있었고 "느긋하고 편안한 기분으로 즐기는 음악"이라는 설명도 덧붙어 있었

다. 지루하기 짝이 없는 설명이라고 생각했지만, 한편
으로는 그냥 그렇게 무난한 음악을 틀어놓는 것도 괜찮
겠다 싶었다. 그때 나는 이런저런 생각으로 조금 피곤
한 상태였기 때문에, 취향에 딱 맞는 음악을 몰두해 듣
는 것보다는 별스럽지 않은 음악을 흘려듣는 편이 낫겠
다고 생각한 것이다. 시동을 걸자마자 음악을 켰다. 근
데 웬걸, 첫 곡부터 놀랍도록 좋았다. 전혀 모르는 아티
스트의 음악이었는데, 사용된 소리 하나하나가 귀를 잡
아끌었다. 편곡은 군더더기 없었고, 멜로디와 화성 진행
은 관습과 혁신의 중간에서 절묘한 균형을 이루고 있었
다. 딱 내 취향이었다. '아, 내가 이런 걸 만들었다면 얼마
나 좋았을까'라는 생각마저 드는 음악이었다. 그것은 두
번째 세번째 곡도 마찬가지였다. 그 음악들은 단지 내가
평소에 즐겨 들었던 음악과 비슷한 것들이 아니었다. 어
느 정도 비슷하지만(어디까지나 내 기준에서 그렇다는 말이지
만) 한 단계 더 세련된 음악들이었다. 누군가 '네가 여태
까지 그런 음악을 들어왔다면 그다음엔 이런 음악을 찾
고 있겠지?'라는 생각으로 짜놓은 목록이었다. 그리고
그 예측은 구십 퍼센트 정도의 확률로 맞아떨어졌다. 물
론 그 예측을 누가 했는지에 대해서는 의심의 여지가 없

다. 인공지능이다.

그날 이후로 나는 'For You' 페이지를 더 자주 이용하게 됐다. 내 지인들 중에서 'Chill Mix'처럼 양질의 음악을 그렇게 많이 추천해줄 수 있는 사람은 아무도 떠오르지 않는다('Chill Mix'는 스물다섯 곡씩 매주 업데이트된다). 내 인생에서 '내 취향을 잘 이해해서 늘 좋은 음악을 추천해주는 친구'라는 역할은, 이제 인간에서 인공지능으로 완전히 넘어간 것이다. 내가 앞으로 그 역할에 있어 인공지능을 능가하는 친구를 새로 사귈 수 있을까? 아마도 없을 것 같다. 하지만 인공지능이 음악 추천을 내 친구보다 더 잘한다는 것은 그리 중요한 일이 아니다. 중요한 것은, 나보다 더 잘한다는 것이다. 스트리밍 서비스 업체들로부터 내 추천곡으로 플레이리스트를 만들어달라는 요청을 받는 일이 가끔 있다. 그럴 때면 나는 그냥 내가 즐겨 듣는 음악을 선곡해서 보낸다. 요즘의 트렌드가 어떤지는 전혀 고려하지 않는다. 내 취향을 정확히 전달해야 내 이름을 보고 플레이리스트를 들어보는 이들의 만족감도 커질 거라는 생각에서다. 그러니까 내 이름을 건 플레이리스트는 순전히 나 자신을 만족시키기 위한 것이라 해도 틀린 말이 아니다. 내가 구독하는 앱에도 내 추천곡으로 된 플레이리스트가 있다. 그런데 그 플레이리스트와 'Chill Mix'를 비교해보면, 'Chill Mix'가 더 낫다. 들을 때의 즐거움이 훨씬 크다. 나라는 한 사람을 만족시키는 데도, 나 자신의 정보력보다 인공지능이 앞선다는 얘기다.

새롭고 멋진 음악을 끝도 없이 추천해주는 새 친구를 만난 셈이니 기쁜 일이기는 하지만, 한편으로 조금 섬뜩해지는 것은 어쩔 수가 없다. 내 직업은 대중음악이다. 대중음악에 있어서, 가장 결정적인 승부수는 취향이다. 만드는 이의 취향과 듣는 이의 취향이 공명할 때, 직업으로서의 대중음악은 비로소 의미를 가진다. 그런데 스스로의 취향을 만족시키는 것에서부터 인공지능에게 밀린다면, 좀 큰일 아닌가. 내 취향에 대해서도 인공지능보다 모르는 마당에 남의 취향은 말할 것도 없을 테니 말이다. 물론 내 직업은 음악을 만드는 것이지 추천하는 것이 아니다. 당연한 얘기지만 만들어진 음악이 있어야 추천도 할 수 있는 것이다. 추천이야 인공지능이 잘하지만 창작은 인간이 더 잘한다, 그것은 인간 고유의 영역이고 거기에 있어서는 인공지능이 인간을 따라잡으려면 멀었다,

라고 말하고 싶은 분들도 있을 것이다. 하지만 안타깝게도 사정은 그렇지 않다. 이미 음악 창작 과정 중 많은 부분이 인공지능에 넘어가고 있다. 음악 애청자들이 스트리밍 앱을 구독하는 것처럼, 수많은 작곡가들은 작곡가를 위한 서비스를 구독하고 있다. 온갖 종류의 악기 소리와 수많은 샘플, 비트 등을 다운받을 수 있는 서비스다. 일정 기간 동안 일정 금액을 지불하면 그 사이트에 올라가 있는 음악 재료들을 얼마든지 다운받을 수 있다. 이러한 서비스에서도 당연히 추천 알고리즘은 나날이 정교해지고 있을 것이다. 스트리밍 앱에서 내가 오늘 어떤 음악을 듣고 싶어하는지 알아맞히는 것과 정확히 똑같은 원리로, 알고리즘은 작곡가들이 오늘 어떤 악기를 사용하고 싶어하는지 알아맞히게 될 것이다. 거기서 조금만 더 나아가면 작곡가가 원하는 신곡의 스타일이 무엇인지 알아맞힐 수 있을 것이다. 다시 말해, 내가 지금 'Chill Mix'를 들으며 '내가 오늘 이 노래를 듣고 싶은지 어떻게 알았지!?'라며 감탄하고 있는 것과 마찬가지로, '내가 오늘 이 노래를 만들고 싶은지 어떻게 알았지!?'라며 감탄할 날도 그리 멀지 않았다는 얘기다.

내 자리를 위협받고 있다는 데서 오는 섬뜩함, 그다음에 찾아오는 것은 무력감이다. 나에게 있어서 창작이란 자유와 같은 의미다. 세상을 살면서 온전히 내 의지로 통제할 수 있는 부분, 그것이 바로 창작의 영역인 것이다. 그 작디작은 영역마저 온전히 내 마음대로 할 수 없어진다고 생각하면, 무력감을 느끼지 않을 도리가 없다. 가만, 그런데 문득 이런 생각이 든다. 창작이라는 것이 정말로 내 마음대로 할 수 있는 것인가? 세상의 모든 음악은 결국 이전에 나왔던 음악들의 리믹스에 불과하다는 말도 있다. 얼핏 극단적인 것처럼 들리는 이 이야기는 곱씹을수록 생각보다 반박하기가 쉽지 않다. 내 첫 싱글 〈싸구려 커피〉는 발매 당시에 참신하다는 평가를 꽤 많이 받았다. 지금도 대체적으로는 이른바 '오리지널리티'가 있는 곡이라 여겨지고 있는 듯하다. 하지만 내가 산울림을 듣지 않았다면, 양동근을 듣지 않았다면, 이자람의 판소리 시디를 여러 번 돌려 듣지 않았다면, 그 외에 수많은 다른 음악을 듣지 않았다면 그런 노래는 절대로 만들 수 없었을 것이다. 더욱이 노래란 기존의 음악을 참고하는 것만으로 만들 수 있는 것도 아니다. 나는 그 노래를 군대에서 만들었다. 군대에 가지 않았다면 〈싸구려 커피〉는 없었을 것이다. 그리고 말할 것도 없이, 입대는 내 의지와는 전혀 무관한 일이었다. 그 어떤 조건이나 경험으로도 설명할 수 없는 창작자의 '영감'이라는 것도 있지 않겠느냐고 묻고 싶은 분도 있을 것이다. 하지만 그 영감이야말로 정의상 다른 무엇보다도 사람의 의지와는 무관한 것이다. '불현듯' 찾아들기를 기다리는 것 외에는 별다른 수가 없다. 생각이 여기까지 미치니, 어쩌면 나의 창작은 처음부터 내가 통제할 수 있는 것이 아니었을지도 모른다는 느낌이 든다. 인공지능이 얼마나 빠르게 발전하고 있는가와는 무관하게 말이다.

〈Nothing That Has Happened So Far Has Been Anything We Could Control〉. 내가 좋아하는 뮤지션 테임 임팔라의 노래 제목이다. 여태까지 일어난 일 중 우리가 통제할 수 있는 건 아무것도 없었다는 의미다. 몇 년 전 이 노래를 처음 알게 되었을 때, 나는 이 가사를 몇 번이고 반복해서 되뇌었다. 내 삶에서 내가 온전히 통제할 수 있는 것이 과연 얼마나 될까. 지나간 일을 하나의 스토리로 끼워 맞추는 것은 어렵지 않다. 나는 음악을 하고 싶어서 했고, 열심히 했기 때문에 성과를 얻었다, 하는 식으로 엮으면 내 삶은 노력과 결실의 과정으로 기록되는 것이다. 하지만 〈싸구려 커피〉라는 노래를 만든 것 하나에 대해서만 생각해도, '내가 그 노래를 만들고 싶어서 만들었다'는 식으로 단순하게 정리할 수 있는 사건이 아니다. 그리고 삶은 노래 하나 만드는 것보다는 훨씬 더 복잡한 일들로 가득차 있다. 테임 임팔라의 노래 제목은 어쩌면 낭만적인 수사가 아닌, 엄중한 현실인지도 모른다.

그런데 애초에 통제할 수 있는 것이 별로 없다고 생각하니, 어쩐지 마음이 편해진다. 내 힘은 어차피 별로 세지 않다는 것을 인정하고 나니, 무력감을 느낀 것이 머쓱해지기도 한다. 나는 자연을 통제할 수 없다. 해일, 지진, 태풍 앞에서 내가 한 명의 사람으로서 할 수 있는 일은 많지 않다. 인공지능도 이제는 점차 일종의 자연이 되어가고 있는 것이 아닐까? 자연은 독자적인 생명력을 가지고 움직인다. 그리고 굉장히 힘이 세다. 그 두 가지 점에 있어서는 인공지능이나 바다나 별다를 바 없지 않은가. 딱 두 번 해봤을 뿐이긴 하지만, 나는 서핑을 좋아한다. 그 어떤 스포츠보다도 정확히 삶을 유비해준다고 생각하기 때문이다. 바다 위에서 서퍼가 할 수 있는 일, 딱

그 정도가 세상에서 한 사람이 가진 몫이 아닐까. 서퍼는
바다의 입장에서 보면 먼지에 불과하다. 부표나 지푸라
기와도 크게 다를 바가 없다. 하지만 서퍼는 바다 위에서
즐겁다. 바다에 의해 좌지우지되면서도, 작게나마 나름
의 역할을 하며 재미를 찾는다. 인공지능이 추천해준 멋
진 음악을 들을 때, 나는 내가 패배하고 있다는 것 때문
에 슬퍼할 필요가 없다. 그냥 그 음악을 즐겁게 듣고, 작
게나마 내가 할 수 있는 정도의 창작을 해나가면 그만이
다. 마치 서퍼가 거대한 바다 앞에서 작디작은 자기 자신
에 대해 슬퍼하지 않고 어찌어찌 파도를 타고 나아가며
즐거움을 만끽하는 것처럼.

여
수
의

영화관과
햄버거

혼자 차를 몰아 여수에 다녀왔다. 나흘 동안의 짧은 여행이었다. 특별한 목적이나 만날 사람이 있는 것은 아니었다. 그냥 시간이 난 김에 바람이나 쐴 겸 다녀온 것이다. 꼭 여수여야 하는 것도 아니었다. 그저 어디가 좋을까 검색하던 중 그곳의 풍경이 문득 눈에 띄었을 뿐이다. 그러다보니 대단한 계획을 세우지는 않았고, 결과적으로도 전율을 느낄 만한 경험을 했다거나 운명적인 인연을 만났다거나 하는 일은 없었다. 하지만 나름대로 이런저런 소소한 즐거움이 이어진 괜찮은 여행이었다.

주로 한 일은 차를 몰고 다니며 풍경을 감상하는 것이었다. 돌산읍을 돌아본 것이 특히 좋았다. 언덕 위로 나 있는 길을 따라 달리다보면 숲, 밭, 작은 집, 부둣가 등으로 이루어진 작은 마을들을 여럿 내려다볼 수 있었다. 입이 떡 벌어지는 화려한 아름다움과는 거리가 있는 풍경이었지만, 자연과 인공물이 무리 없는 조화를 이루고 있는 모습을 바라보고 있자니 마음이 편해졌다. 해상 케이블카도 탔다. 혼자 그런 것을 탄다는 것이 왠지 좀 우스꽝스럽게 여겨지기도 했지만, 좀 우스꽝스러우면 뭐 어떠냐 하는 마음으로 그냥 탔다. 별 기대는 없었는데 생각보다 재밌었다. 일단 아주 무서웠다. 높이가 워낙 높기도 했지만, 바다 위라서 더 그런 듯했다. 하지만 불쾌할 정도는 아니었다. 적당한 스릴을 느끼며 바닷가 도시를 한눈에 내려다보는 것은 꽤나 즐거운 일이었다. 아침마다 숙소 근처에서 달리기를 한 것도 좋았다. 내가 묵은 숙소 바로 뒤편에는 한적한 바닷길이 있었다. 길은 조용한 해변에서 시작해 십수 척의 배가 진을 치고 있는 부둣가로 이어졌고, 그대로 시내 거리까지 닿았다. 낯선 바다를 바라보며 달리는 기분은 상쾌했고, 적당한 아침 운동은 오후의 발걸음에 약간의 활력을 보태주었다. 어느 도시에 가든 그곳을 한번 달려보아야 직성이 풀린다는 무라카미 하루키처럼 멋진 사람이 된 듯한 기분도 들었다.

하지만 이번 여행에서 가장 신나는 순간이 언제였는지 묻는다면 답은 하나다. 밤에 영화관에 갔다가 햄버거를 사다 먹었을 때다. 혼자 여행할 때는 밤을 조심해야 한다. 신변에 위협이 생길 수 있기 때문이기도 하지만, 그보다 마음을 조심해야 하는 것이다. 왠지는 모르지만 혼자 머무는 여행지에 밤이 찾아오면 쓸쓸한 마음이 되는 일이 많다. 여태껏 국내외의 여러 곳에서 혼자 여행을 해봤지만, 낮에 쓸쓸함을 느낀 기억은 없다. 하지만 밤이 되고 거리가 어두워지면 문득 내가 낯선 곳에 혼자 있다는 사실을 선명하게 인식하게 되는 것이다. 흔한 경우는 아니지만 그런 기분이 심할 때에는 여행 온 것을 후회하는 지경에까지 이르게 된다.

그런 일을 미연에 방지하기 위해, 이번 여행에서는 밤에는 그냥 숙소에 있기로 했다. 어두워진 거리를 떠돌다가 쓸쓸해지고 슬퍼지느니 그냥 가만히 있기로 한 것이다. 첫째 날은 워낙 늦은 시간에 도착했기 때문에 어차피 아무것도 할 수 없었고, 둘째 날에는 계획을 실행에 옮겼다. 차를 몰고 돌아다니다 해가 지기 전에 숙소에 돌아왔다. 침대에 누워 책도 좀 보다가 휴대폰도 좀 보다가 하며 빈둥거렸다. 당연한 결과지만, 그렇게 한두 시간쯤 있다보니 굉장히 심심해졌다. 문득 영화라도 보러 갈까 싶은 생각이 들었다. 혼자 영화관에 가는 것이라면 익숙하다. 그리고 영화관이라면 전국 어디든 비슷비슷하다. 낯선 곳의 밤이 주는 쓸쓸함을 느낄 일은 없을지도 모른다. 이런 생각을 하며 CGV 여수웅천점으로 향했다. 마침 몇주 전부터 보고 싶었던 〈나이브스 아웃〉이 아직 걸려 있어서 골랐다. 칠십여 석밖에 안 되는 작은 상영관이었지만, 대단한 곳이었다. 모든 의자가 무려 리클라이너로 되어 있었던 것이다. 커다란 소파 모양의 좌석은, 팔걸이에 있는 버튼을 누르면 등받이를 뒤로 젖히고 발받침을 앞으로 올릴 수 있도록 되어 있었다. 마치 비행기의 비즈니스 클래스 좌석 같았다. 극장에서 그렇게 편한 자세로 영화를 본 기억은 따로 없다. 서울에도 그런 곳이 있는지는 잘 모르겠지만, 아무튼 나는 처음 보는 형태의 극장이었다. 관객은 나를 포함해 두 명이었다. 뭐랄까, 부자 친구의 대저택에 있는 프라이빗 시어터에 초청된 것 같은 기분이었다. 영화도 아주 재미있었다. 한 편의 추리 연극과도 같은 영화는 그 구조가 촘촘하고 탄탄하게 짜여 있어 지루할 틈이 없었다. 영화가 끝날 무렵에는 상당히 배가 고파졌다. 그러고 보니 열시가 넘도록 저녁을 안 먹은 것이다. 왠지 패스트푸드 햄버거가 강하게 당겼다. 여수까지 와서 무슨 햄버거냐 싶은 생각도 들었지만 어쩔 수 없었다. 머릿속엔 이미 온통 햄버거뿐이었다. 차에 타자마자 근처에 뭐가 있는지 검색해봤다. 첫 줄에 뜬 것은 오 분 거리에 있는 '맥도날드 여수학동DT점'이었다. "DT……? 오, 드라이브스루!!" 육성으로 외쳤다. 나는 드라이브스루를 매우 좋아한다. 왜인지는 잘 모르겠지만 뭐가 됐든 드라이브스루라면 아무튼 신난다. 내가 사는 동네에는 드라이브스루가 가능한 커피빈이 있다. 차를 몰고 이삼십 분 이상 나가야 할 때면 나는 꼭 거기서 아이스 아메리카노를 한 잔 사가지고 간다. 커피 맛이 대단히 훌륭하지는 않지만, 그건 중요하지 않다. 진입구에 설치된 마이크에다 주문을 하고 슬슬 차를 몰아 계산 창구로 가서 지불을 하고 주문한 것을 받는 과정 자체가 좋다. 그것은 마치 어린이가 놀이기구를 탈 때의 기분 같은 것이다. 수십 번을 반복해도 똑같이 재미있다. 맥도날드 여수학동DT점 역시 나를 실망시키지 않았다. 심지어 계산하는 곳과 음식 받는 곳이 따로 있어 그 재미를 한 단계 더 연장시킬 수 있었다. 거기서 햄버거 하나를 사고 근처 편의점에서 맥주 한 캔과 하프보틀 와인 하나를 샀다. 그리고 숙소에 들어가 먹었다. 버거는 처음으로 '골든 에그치즈버거'를 골라봤는데, 대단히 만족스러웠다. 맥주야 잘 아는 것으로 산 것이니 애초에 걱정 없었지만, 와인마저 편의점에서 산 것치고는 꽤 훌륭했다. 집에서 챙겨간 블루투스 스피커로 헥터 가찬의 《Untitled 91》 앨범까지 틀어 곁들이니 더이상 바랄 게 없었다. 영화가 시작한 여덟시경부터 대략 다섯 시간 동안, 모든 것이 딱 딱 맞아들어간 완벽한 밤이었다.

그러고 보면 여수 입장에서는 좀 황당할지도 모르겠다. 만약 여수가 인격이 있고 이 글을 읽는다면 "이렇게 개성도 강하고 매력도 다양한 나를 만나고 돌아가서는 가장 신났던 순간이, 뭐? 전국 어디에나 있는 CGV에 갔다가 그보다도 더 흔한 맥도날드에서 햄버거를 사 먹은 일이라고? 그게 말이 된다고 생각하나?"라고 내게 따져 물을지도 모를 일이다. 나도 여수에게 좀 미안하긴 하다. 앞에서도 말했듯이 돌산읍의 풍경과 해상 케이블카와 바닷길 달리기는 내게 큰 즐거움을 주었다. 사실 돌산에서는 명물인 갓김치도 먹었다. 갈치속젓도 먹었다. 맛이 기가 막혀서 밥을 두 그릇이나 비웠다. 이와 같은 것들은 분명 여수만이 가진 특별한 매력이었다고 할 만하다. 그런데 그 모든 것보다 영화관과 햄버거가 더 신났다고 고백하다니, 이것참, 나 자신이 무례하게 느껴질 정도다. 하지만 여행이란 게 원래 그런 거 아니겠나. 무엇이 가장 큰 감동을 줄지는 가보기 전까지는 모르는 일이고, 감동을 느끼는 지점은 사람마다 다르기 마련이다. 그리고 어쨌든 리클라이너가 있는 CGV나 드라이브스루가 가능한 맥도날드나, 내가 사는 동네엔 없는 것들이다. 여수만의 매력이라고 할 수는 없겠지만 여수에 왔기 때문에 누릴 수 있는 즐거움이긴 했던 것이다. 물론 이렇게까지 변명할 필요는 없을 것이다. 여수가 인격이 있고 이 글을 읽게 된다 해도, 십중팔구 눈 하나 꿈쩍하지 않을 것이기 때문이다. 그 정도로 매력적인 입장에서 이 정도 일로 화를 낸다면, 그건 속이 좁아도 너무 좁은 것 아닌가. 이렇게 얘기하다보니 정말로 여수가 무슨 친구처럼 느껴진다. 벌써 다시 보고 싶어지기도 한다. 아, 여행기는 이런 맛에들 쓰는 거구나.

다시

한 번

서평

「인공지능의 바다」라는 글을 쓰고 나서 두어 주가 지났다. 오랜만에 'Chill Mix'를 들어봤다. 이번에는 또 어떤 새롭고 멋진 음악을 만나게 될까 하는 기대감을 가지고서 말이다. 그런데 몇 곡 듣다보니 생각보다 싱거웠다. 대부분 처음 들어보는 새로운 음악들이긴 했지만, 그 스타일에 있어서는 이전의 플레이리스트를 답습하고 있다는 느낌이었다. 생각해보면 지극히 당연한 일이다. 이 플레이리스트는 내 취향을 반영한 것이다. 그리고 내 취향이 고작 삼사 주 만에 크게 변했을 리는 없다. 그러니 새롭게 업데이트된 플레이리스트가 완전히 새로울 수는 없는 일이다. 내 기대치가 너무 높았던 것이리라. 나는 왜 'Chill Mix'에 대해 그렇게 큰 기대감을 가졌나? 처음 접했을 때 큰 감동을 느꼈기 때문이다. 왜 그리 큰 감동을 느꼈나? 물론 좋은 음악을 추천해줬기 때문이다. 하지만 그때는 미처 깨닫지 못한 또 한 가지 중요한 이유가 있었다. 기대치가 낮았기 때문이다.

「인공지능의 바다」에서 'Chill Mix'가 내가 듣고 싶어하는 음악을 구십 퍼센트 확률로 맞혔다고 썼는데, 다시 생각해보니 그 정도까지는 아니었던 듯하다. 스물다섯 곡

중 세 곡만 빗나가도 구십 퍼센트는 안 되는 것 아닌가.
그리 대단찮다고 느낀 노래가 세 곡보다는 확실히 많았
다. 그 음악들이 내가 듣던 것들과 비슷하되 한 단계 더
세련된 음악들이었다고도 썼는데, 돌이켜보면 몇몇 곡
을 제외하고는 꼭 그렇지만도 않았던 것 같다. 나의 감상
에는 분명 과장된 면이 있었던 것이다. 왜 과장되었던 것
인가? 놀랐기 때문이다. '인공지능이 이렇게까지 내 취향
을 잘 알아맞히다니!' 그리고 그 놀라움은 분명 이런 생
각에서 비롯된 것이다. '인공지능이 그렇게까지 내 취향
을 잘 알아맞힐 리 없지.'

　그러고 보면 기대치라는 것은 참 대단하다. 몇 주 전이
나 지금이나 'Chill Mix'의 음악은 똑같은 방식으로 선정
된 비슷비슷한 곡들임이 분명한데, 기대치가 달라지니
감흥의 크기도 완전히 달라져버린 것이다. 큰 만족을 느
끼려면 기대치를 낮추는 것이 중요하다는 것을 새삼 절
감하게 된다. 그런 면에서 나는 좀 유리한 편인 듯하다.
기대치를 낮추는 재주가 있는 것이다. 미디어를 통해 나
를 먼저 접한 사람을 사석에서 만나게 될 때, 내가 듣는
칭찬은 대부분 '생각보다'로 시작된다. "생각보다 잘생기

섰네요." "생각보다 키가 크시네요." "생각보다 어려 보이시네요." 음원으로만 내 음악을 듣다가 처음으로 공연을 본 사람과 이야기를 나눌 기회가 생길 때는 이런 말도 자주 듣는다. "생각보다 노래를 잘하시네요." "생각보다 공연이 재밌네요." 십여 년 동안 꾸준히 들어온 이야기다. 아마도 미디어에 비친 나의 이미지는 못생기고 키가 작고 노안인데다 노래는 잘 못하고 공연은 지루하게 하는 가수 정도인 모양이다. 하지만 거기에 대한 불만은 없다. 공연을 하는 데 있어서는 오히려 이점이라고 생각한다. 공연장을 찾는 분들이 엄청난 기대를 하지 않는다면, 공연에 대한 만족도는 (물론 공연을 충분히 잘했을 때 애기지만) 올라갈 수밖에 없지 않겠는가. 마치 별다른 기대 없이 본 영화에서 오히려 더 큰 감흥을 느끼는 일이 많은 것처럼 말이다.

영화 애기가 나왔으니 말인데, 얼마 전 별다른 일도 없고 약속도 없어 집에서 빈둥거리다가 영화나 보러 갈까 싶어 동네에 있는 극장의 홈페이지에 들어가봤다. 마침 두어 시간 후에 시작하는 영화가 하나 있었다. 처음 들어보는 제목이었다. 그런 경우 보통 예고편 정도는 한번 보

기도 하는데, 그날은 왠지 아무런 정보도 없이 보러 가고
싶어서 그냥 예매만 하고 페이지를 닫았다. 영화는 한 화
가가 교사로서 몇몇 학생들을 대상으로 미술 수업을 하
는 장면에서 시작한다. 옷차림으로 보아 배경은 이삼백
년 전쯤의 유럽인 듯했다. 학생 한 명이 화가가 그린 듯
한 그림을 한 폭 발견하고, 그 그림에 대해 화가에게 질
문을 한다. 화가는 복잡한 표정이 된다. 거기에서 이야기
는 과거로 돌아간다. 그림에 얽힌 사랑 이야기다. 등장인
물들의 대사와 표정과 몸짓을 따라가는 동안, 신기하게
도 나는 사랑을 하고 싶다는 충동을 강하게 느끼게 되었
다. 그것은 영화를 볼 때, 아니 그 무엇을 감상할 때에도
내게는 잘 찾아오지 않는 감정이다.

특별한 경험이었다. 사랑에 빠져 스스로를 도저히 통
제할 수 없었던 내 과거의 모습들이 하나하나 떠올랐다.
사람이 사랑에 빠지는 순간을 이렇게까지 잘 묘사한 작
품을 본 적이 있었던가 싶었다. 〈타오르는 여인의 초상〉
이라는 제목의 이 영화는 나중에 알고 보니 화제작이었
다. 영화제에서 받은 상만 해도 꽤 많았고, 소셜 미디어
를 둘러보니 영화에 어느 정도 관심이 있는 사람들 사이

에서는 이미 뜨거운 반응을 모으고 있었다. 그것을 알고 나서 나는 가슴을 쓸어내렸다. 그날따라 아무것도 검색해보고 싶지 않았던 것은 얼마나 다행스러운 일인가. 그 덕분에 영화가 시작하기 전까지 나는 일말의 기대감도 갖지 않을 수 있었다. 그저 한 장면 한 장면을 감탄하는 마음으로 만끽할 수 있었다. 워낙 훌륭한 영화이니 어느 정도 정보를 가지고 갔더라도 재미있게 볼 수는 있었을 것이다. 하지만 많은 이들이 그렇게까지 호평하고 있다는 것을 알았다면 '얼마나 잘 만든 영화인지 한번 보자'는 생각이 조금은 들었을 테고, 그런 생각에 마음의 지분을 빼앗기다보면 사랑을 하고 싶다는 충동을 느낄 정도로 영화에 빠져들기는 어렵지 않았을까. 여기까지 쓰고 보니, 지금 이 글을 읽고 있는 당신이 영화를 아직 안 봤다면 좀 미안하게 됐다는 생각도 든다. 내가 기대치를 높인 탓에 영화를 보며 사랑하고 싶다는 느낌을 받을 기회를 박탈당한 것인지도 모르니 말이다. 그래도 영화의 내용을 '그림에 얽힌 사랑 이야기다'라고만 쓰고 만 것은 나름의 배려라는 점을 참작해주시길……

아무튼 〈타오르는 여인의 초상〉은 내게 뜻밖의 큰 선

물을 주었다. 생각해보면 살면서 겪게 되는 일 중 유독 기억에 오래 남는 것은 주로 뜻밖의 순간들이다. 여행 중에 일어난 일들은 특히 그렇다. 계획한 일정대로 착착 진행될 때도 재미는 있지만, 시간이 흐르고 나면 내 기대나 예상과는 무관하게 벌어진 일들이 더 생생하게 떠오르는 것이다. 몇 년 전 스위스의 그슈타트라는 곳을 혼자여행한 적이 있다. 겨울에는 스키장이 되고 여름에는 하이킹 코스가 되는 산들로 둘러싸인 작은 마을이었다. 나는 9월에 가서 일주일쯤 머물며 내내 등산만 하다 왔다. 스위스의 산길은 이정표가 워낙 잘 정리돼 있어 너무 어려운 코스를 택하지만 않는다면 누구나 쉽게 이리저리가볍게 다녀볼 수 있다. 그래서 나도 지도를 보면서 매일다른 길로 다녔는데, 하루는 길을 잘못 들어 헤매게 되었다. 해는 점점 기울어가는데, 이정표와 지도를 비교해보니 돌아가는 길은 너무 멀었다. 다행히 차도와 주차장이있는 곳에 다다라 몇몇 현지인들에게 차로 산 아래까지좀 태워달라고 부탁했지만 아무도 태워주지 않았다. 이제 와 생각하면 무슨 생각이었는지 나 스스로도 이해가되지 않지만, 나는 그냥 다시 산 위를 향해 걷기 시작했다. 그런데 얼마 안 있어 비마저 내리기 시작했다. 낙담

하려는 순간 반대편에서 호리호리한 중년 남자 한 명이 내려왔다. 그는 나를 보고 이제 위로 올라가기에는 너무 늦었다며 도로 내려가라고 했다. 자초지종을 설명하니 자기 차로 태워주겠다며 같이 가자고 했다. 차를 얻어 타고 산을 내려가며 이야기를 들으니 토머스라는 그 남자는 그 근처에 사는 스키 강사였다. 숙소 근처에 도착했을 때, 그는 내게 다음날 자기랑 동행하지 않겠느냐고 물었다. 멋진 곳에 데려가주겠다고 말이다. 자기는 게이가 아니라는 말도 재차삼차 덧붙였다. 너무 그러니까 오히려 괜히 무슨 꿍꿍이가 있는 게 아닌가 싶기도 했지만, 나는 그러겠노라고 했다. 다음날 오후에, 나는 평생 한 번도 본 적 없는 아름다운 만년설 한복판에 서 있었다. 산에서 내려오는 길에 토머스는 내일 자기 집에 놀러 오지 않겠느냐고 했다. 다시 한번 자기는 게이가 아니라고 강조하면서 말이다. 이번에야말로 나를 어찌해보려는 게 아닌가 하는 생각이 잠깐 들었지만, 나는 이번에도 가겠다고 했다. 다음날 토머스가 알려준 주소를 찾아갔다. 그는 단정하고 아담한 목조 주택에 살고 있었다. 그는 내게 방들을 하나하나 구경시켜주고, 간단한 다과를 내주고, 도시로 유학 간 자녀들의 사진도 보여주었다. 우리는 이런저런 잡담을 나누며 한가로운 오후를 보냈다. 그게 다였다. 의심했던 것이 미안해졌다. 나는 토머스에게 물었다. "그제는 차도 태워주고, 어제는 만년설도 보여주고, 오늘은 집에까지 초대해주고…… 생판 남인 저한테 왜 이렇게 잘해주는 거예요?" 토머스는 대답했다. "그저께 너 처음 봤을 때, 딱 봐도 외국인인 사람이 그 비 오는 산을 혼자 오르고 있는 걸 보고 와, 이 친구 산을 엄청 좋아하네, 생각했지. 산 좋아하는 사람은 좋은 사람이잖아."

아마 남들도 마찬가지겠지만 나는 '앞으로 어떻게 살 거냐'고 나 자신에게 묻는 일이 많다. 새로운 커리어를 위해 혼자 이래저래 고민하는 것이 주된 일상인 요즘이라 더더욱 자주 그러게 된다. 물론 대부분의 경우 나는 답을 하지 못한다. 그럴 때면 막막해진다. 빨리 뭘 어떻게 좀 해야 할 것 같은 생각에 조바심이 난다. 하지만 생각해보면 여태껏 살면서, 멋진 순간들은 다 내 의도나 기대와는 무관하게 찾아왔다. 영화를 보며 사랑을 하고 싶다는 충동을 느낀 것도, 내 인생에 단 한 번 만년설 위를 걸어본 것도, 내 노래로 무대에서 수만 관객의 환호를 받은 것도, 내가 기억하는 가장 깊었던 사랑의 순간들도,

그리고 창문 밖으로 가슴 시릴 만큼 파란 일요일의 하늘을 바라보며 글을 쓰고 있는 지금 이 순간도 말이다. 'Chill Mix'를 다시 접하고 좀 실망했다는 데서 시작해 여기까지 왔는데, 어째 오늘도 'Chill Mix'에 크게 충격을 받았던 몇 주 전과 비슷한 방향으로 생각이 흐르는 듯하다. 나는 다시 한번 망망대해 위의 서퍼를 떠올린다. 대단한 항해를 계획하지 않아도 파도는 온다. 내가 할 수 있는 일은 그 파도를 맞이하고 그 위에서 균형을 잡는 것이 전부다. 그러다보면 어느 순간 푸른 바다 위를 질주하고 있는 나 자신을 발견하게 될지도 모른다.

만
약

의견을
낼 수 있다면

내게는 사후세계에 대한 믿음이 없다. 없다고 확신하는 것은 아니다. 있을지도 모른다. 다만 여태까지 그런 것이 있다고 믿을 만한 이유를 찾지 못했다. 영혼의 존재에 대해서도 비슷한 생각이다. 과연 육체와 무관하게 존재하는 어떤 영적인 것이 내 안에 있는지, 알 도리가 없다. 불교에서 말하는 윤회에 대해서는 어느 정도 수긍하는 편이다. 하지만, 이를테면 이번 생에 인간으로서 착하게 잘살면 다음 생에도 다시 인간으로 태어난다든지, 그렇지 않으면 더 열등한 무언가로 태어난다든지, 뭐 이런 이야기에는 좀처럼 귀가 솔깃해지지 않는다. 물론 이 역시 그럴 수도 있다. 그러나 그렇게 믿을 만한 근거를 아직 발견하지 못했다. 윤회를 얼마간 납득하는 이유는, 누구나 아는 상식에 비추어볼 때 어느 정도 말이 된다고 생각하기 때문이다.

사람이 죽으면 땅에 묻힌다. 이런저런 사정으로 아무도 정성스레 묻어주지 않는 경우라 할지라도 땅으로 돌아가는 것은 마찬가지다. 땅에서는 새 생명이 자라난다. 새 생명은 다른 생명의 먹이가 되기도 한다. 생명의 일부인 물은 하늘로 날아가 구름이 되기도 하고 비가 되기도 하고 강물이 되었다가 바다가 되기도 하고 바다는 다른 생명의 터전이 되기도 하고⋯⋯ 더이상 장황하게 이어갈 필요는 없을 것이다. 어린이들을 위한 동화책에도 흔히 나올 법한 이야기고, 거기에 이의를 제기하는 사람을 찾기도 쉽지 않을 것이다. 그게 내가 생각하는 윤회다. 장기하라는 인간이 죽고 나면 딱 그 조합 그대로 강아지로 뿅 하고 둔갑해 다시 태어난다든지 하는 것이 아니라(그 역시 물론 그렇게 될지도 모르는 일이지만), 수많은 알갱이의 형태로 이리저리 흩어져 이 세상을 계속 떠돌아다니는 것이다. 그러다 그중 일부가 시간을 두고 다른 수많은 생명의 잔재들과 뭉쳐 새로운 생명이 되기도 하고 말이다. 그 경로는 너무 복잡해서 아무래도 일일이 추적하기는 어렵겠지만, 어쨌든 생명이란 것이 계속 돌고 돈다는 것은 확실해 보인다.

그런 의미에서, 죽은 이들은 사실 모두 우리가 사는 세상에 여전히 함께 있는 셈이다. 이 글을 쓰고 있는 컴퓨터가 놓인 나무 탁자 안에 들어가 있을지도 모르고, 며칠 전 내린 빗방울 안에 담겨 있었을지도 모르고, 내가 방금 먹은 양송이버섯 안에 머물고 있었는지도 모른다. 내

간이나 췌장 속 어딘가에도 분명히 자리잡고 있을 것이다. 아주 오래전에 죽은 사람이라면 어젯밤 내 방 창문으로 새어 들어오던 달빛에 깃들어 있었는지도 모르는 일이다. 나 역시 죽은 후에는 분명 그들과 비슷한, 하지만 전혀 다른 길을 가게 될 것이다. 죽음이란 결코 사라지는 것이 아니다. 단지 흩어져 모습을 바꾸는 것일 뿐이다.

얼마 전 〈찬실이는 복도 많지〉라는 영화를 봤다. 비참한 현실을 생생하게 고발하는 영화를 만드는 것도 매우 어렵겠지만, 작은 희망을 설득력 있게 보여주는 영화를 만드는 것은 더 어려운 일일 거라고 생각한다. 〈찬실이는 복도 많지〉는 후자다. 그래서 나는 그 영화가 좋았다. 이야기가 잠깐 옆길로 샜는데, 아무튼 영화에는 이런 대사가 나온다. "사람도 꽃처럼 돌아오면은 얼마나 좋겠습니까." 사람은 꽃'처럼' 돌아올 수 없다. 하지만 꽃'으로' 돌아오기는 하는 것이다. 꽃뿐만 아니라 고양이로, 안개로, 산으로, 별빛으로, 이 세상 모든 것의 모습으로 돌아오는 것이다. 물론 살아생전의 모습으로 돌아오는 일은 없다. 그래서 죽음은 슬프다. 죽음의 순간에, 하나의 인격은 영영 끝난다. 당사자의 입장에서도, 주변 사람들의 입장에서도, 그것은 서글픈 일일 수밖에 없다. 하지만 시간이 흐르는 한, 모든 것에는 끝이 오기 마련이다. 그리고 우리 모두는 이미 수많은 끝을 경험했다. 학교를 졸업했고, 직장을 그만두었고, 사랑했던 사람과 이별했고, 한때 친했던 몇몇 친구와는 더이상 연락하지 않게 되었다. 어떤 끝은 갑작스레 찾아왔고 다른 끝은 시나브로 찾아왔다. 물론 옛 연인이나 친구들과는 어쩌면 재회하게 될지도 모른다. 하지만 그렇다 하더라도 그 시절의 그 관계, 그 마음, 그 촉감이 영영 끝났다는 사실에는 변함이 없다. 그러고 보면 결국 매 순간이 시작이고 끝인 셈이다. 다시 말해, 매 순간이 탄생이고 죽음인 것이다. 지금은 저녁 여섯시 십일분이다. 창밖으로 붉은 해가 저물어가고 있다. 몇 시간 뒤면 오늘 하루도 끝날 것이다. 그리고 2020년 4월 3일은 영영 돌아오지 않을 것이다. 존 레넌이나 김광석이 되돌아오지 않는 것과 마찬가지로 말이다.

 나는 사람의 죽음도 일몰을 바라보는 일과 별반 다르지 않다고 생각한다. 연인과 헤어지거나 유학길에 오르는 친구를 배웅하는 일과도 비슷하다고 생각한다. 사람의 죽음을 너무 가볍게 여기는 것 아니냐고 묻고 싶은 분도 있을지 모른다. 만약 그런 분이 있다면 조심스레 되묻고 싶다. 혹시 일몰을 바라보고 연인과 헤어지고 친구를 배웅하는 일을 너무 가볍게 생각하시는 것은 아니냐고 말이다. 죽음은 가벼운가 무거운가. 그것은 결국 삶이 가벼운가 무거운가와 똑같은 질문일 것이다. 삶은 가볍기도 하고 무겁기도 하다. 세상 전체로 보면 한 사람의 삶은 별것 아니라고 할 수도 있다. 우주로 나가 지구를 바라본다면, 나의 삶은 (보이기라도 한다면 말이지만) 도마뱀의 삶보다 딱히 더 무거워 보이지는 않을 것이다. 아니, 한번 철썩이는 파도와도 경중을 가리기 어려울지 모른다. 그리고 나라는 사람이 갑자기 사라진다 해도 세상 전체의 모습은 아마 크게 바뀌지 않을 것이다. 반면 살아가는 당사자 혹은 그를 소중히 여기는 사람들의 입장에서 보면, 하나의 삶은 나머지 세상을 전부 합한 것보다도 무거울 수 있다. 나는 일거수일투족에도 수많은 고민을 담는다. 라면 하나 먹는 것을 가지고 글까지 쓸 정도다. 그리고 늘 어떻게든 좀 잘살아보려고 안간힘을 쓴다. 누구나 마찬가지일 것이다. 또, 내가 당장 죽는다고 생각하면 눈앞이 아찔하다. 만약 그렇게 된다면 적어도 나를 사랑하는 몇몇 사람의 가슴은 무너져내릴 것이다.

그러고 보면, 삶은 예술을 똑 닮았다. 그림이나 소설이
나 노래가 하나쯤 사라진다고 해서 세상이 크게 바뀌는
일은 아마 없을 것이다. 물론 수많은 사람들의 인생에 크
나큰 영향을 주었다고 평가받는 명작들도 있다. 하지만
그런 작품들마저도, 어떤 이들에게는 옆집 꼬마의 미술
숙제와도 별반 다를 것 없이 여겨지기 마련이다. 예를 들
어 나는 파리의 루브르 박물관에서 레오나르도 다빈치
의 〈모나리자〉를 직접 봤지만, 그 일이 내 삶에 어떤 영
향을 미쳤는지는 잘 모르겠다. 그러나 레오나르도 다빈
치 본인에게 〈모나리자〉는 각별한 의미였을 것이다. 그
는 돈을 벌기 위해 그 그림을 그리기 시작했지만 나중에
는 온전히 자기 자신을 위해 작업하게 되었고, 오랜 시간
에 걸쳐 인생에 대한 깊은 고민을 담아 작품을 완성했다
고 한다. 그리고 당연한 얘기겠지만, 세상에는 나와 달리
〈모나리자〉를 접하고 나서 큰 감동을 느낀 이들이 굉장
히 많을 것이다. 그 그림 하나로 인생이 완전히 달라졌다
고 말하는 이들도 얼마든지 있을 테고 말이다. 그들에게
〈모나리자〉 없는 세상은 아마 상상하기 어려울 것이다.

간단히 말해, 보기에 따라 대단히 중요하기도 하고 한없이 무가치하기도 한 것이 예술인 것이다. 그것은 하루에도 수천 명이 구경하는 그림도 마찬가지고, 공연당 서너 명의 관객만이 들어주는 노래도 마찬가지라고 생각한다. 그래서 어느 작품이 더 무겁고 가벼운지에 대해서는 그 누구도 쉽게 단언할 수 없는 것이다. 누군가의 삶 혹은 죽음이 다른 이의 그것보다 무겁거나 가볍다고 말할 수 없는 것과 같은 이치다.

해가 다 졌다. 하늘은 이제 까맣다. 이렇게 4월 3일은 잠들어가고 있다. 나 역시 시간이 흐르고 나면 4월 3일과 마찬가지로 영영 잠들게 될 것이다. 내가 태어난 순간부터 죽게 될 순간까지의 시간은 세상의 역사에 비한다면 없다고 해도 좋을 만큼 하찮은 시간일지 모른다. 하지만 내 의식이 깨어 있는 한, 그 시간은 내가 생각으로 품을 수 있는 것들 중 가장 소중한 무언가다. 그것을 하나의 예술작품이라고 생각해본다. 이를테면, 하나의 음반이라고 생각해본다. 재미있는 음반이다. 보통의 음반들은 음악가가 만드는 시간과 다른 이들에게 들려주는 시간이 따로따로인 반면, 이 음반에는 그런 구분이 없다.

창작과 감상이 완전히 동시에 이루어진다. 그리고 딱 한 번의 플레이밖에 허용되지 않는다. 구하기가 굉장히 어려운, 매우 희귀한 음반인 것이다. 중고시장에 나올 리는 당연히 없겠지만, 만약 나온다면 대단히 비싼 값이 매겨질 것이 분명하다. 지금은 몇 번 트랙이 흐르고 있을까? 이 음반은 총 몇 곡으로 이루어져 있을까? 마지막 곡은 어떤 분위기일까? 만약 내가 의견을 내는 것이 허용된다면, 이 음반의 마무리는 비틀스의 《Abbey Road》를 참고했으면 좋겠다. 화려하고 웅장한 〈The End〉로 대단원의 막을 내리는…… 척하다가 마지막 순간에 짧고 경쾌한 〈Her Majesty〉로 위트 있고 쿨하게 끝내는 것이다. 음, 욕심이 너무 과한가?

어
떤

문화권에든

확실히 기억력이 예전보다 나빠졌다. 평균적으로 사람의 기억력이 가장 좋은 나이는 열여덟 살이라고 한다. 물론 평균은 평균일 뿐이니 예외도 얼마든지 있겠지만, 아무튼 스무 살이 넘은 사람 중에서 '확실히 기억력이 예전보다 좋아졌다'고 말하는 경우는 드물 것이다. 다만 기억력이 나빠지는 일은 보통 천천히 일어나니까 처음 몇 년 동안은 그것을 별로 체감하지 못하는 것이다. 그러다 특정한 나이가 되면, 다시 말해 기억력의 전성기에서 충분히 멀어지고 나면, 그제야 이미 상당한 변화가 일어났다는 것을 깨닫게 되는 것이다. 마흔을 눈앞에 둔 지금, 나는 내게 그 시기가 비로소 찾아왔다는 것을 확실히 느끼고 있다.

최근에 이런 일이 있었다. 몇몇 친구들이 모여 이야기를 나누던 중, 그중 한 명이 넷플릭스 드라마 〈킹덤〉에 대한 이야기를 꺼냈다. 최근에 나온 시즌 2를 봤는데 무척 재미있더라는 것이었다. 나는 그 친구의 말을 정정했다. "이번에 나온 건 시즌 3이잖아." 친구가 대답했다. "무슨 말이야, 시즌 2지." 두세 번쯤 더 우기고 좌중 모두의 강한 반대에 부딪힌 다음에야, 나는 이번에 나온 것은 시즌

2이고 〈킹덤〉 시즌 3은 현재로서는 어디에도 존재하지 않는다는 사실을 제대로 기어해낼 수 있었다. 나는 〈킹덤〉 시즌 1을 매우 재미있게 봤고, 두번째 시즌이 나왔다는 것도 분명히 알고 있었으며, 심지어 드라마 제작에 직접 참여한 두어 분과 만나 새 시즌에 대한 이야기를 나눈 일도 있다. 그런데 도대체 왜 내 기억이 그렇게 왜곡됐던 걸까. 이 일화를 며칠 뒤에 다른 친구에게 털어놓았다. 사건의 전말을 모두 설명하고 나서야 나는 깨달았다. 그 친구 역시 그 자리에 있었다는 것을 말이다.

물론 무언가를 깜빡하는 일이야 나이를 불문하고 늘 있어왔다. 초등학생 때는 수업이 끝난 후에 책가방도 메지 않고 교문 밖까지 신나게 걸어간 적도 있다. 중고등학생 때도 학교에 가져갈 준비물을 챙기지 않거나 친구와의 약속을 까먹는 일은 얼마든지 있었다. 지갑이나 열쇠 따위를 놓고 외출하는 일이야 예나 지금이나 일상다반사다. 하지만 요즘 들어 '아무리 그래도 이런 것까지 잊어버리다니?'라는 생각을 부쩍 자주 하게 되는 것이다. 뭐랄까, 내 기억력의 역사에 새로운 장이 열렸다는 느낌이다. 지인들과 모인 자리에서 이런 이야기를 꺼내면 모두가 일단 한숨부터 쉰다. 내 기억으로는 (물론 확신할 수 없겠지만) 예외는 없었다. 나보다 어린 사람들의 경우 주로 나를 불쌍히 여기고, 나와 나이가 비슷하거나 더 많은 사람들은 동병상련을 토로한다. 어쨌든 모두가, 시간이 지남에 따라 기억력이 퇴보하는 것은 슬픈 일이라는 점에 대해 이견을 가지지 않는 듯하다. 물론 내게도 그것은 꽤 슬픈 일이긴 하다. 하지만, 뭐 어쩌겠나. 시간을 거꾸로 돌릴 수는 없다. 나는 나이나 세대는 결국 문화권 같은 것이라고 생각한다. 이십대와 사십대는 마치 아프리카와 아시아처럼 다른 문화권인 것이다. 다른 문화권에 이사를 왔고 원래 살던 곳으로 돌아갈 수 없다면, 새로운 환경에 적응하며 그럭저럭 살아가는 수밖에 없다.

새로운 문화권으로 이사를 가는 것에는 장점도 있고 단점도 있겠지만, 나이가 들어 기억력이 퇴보하는 것은 오직 안 좋은 일일 뿐이지 않은가, 라고 말하고 싶은 분도 있을 것이다. 하지만 나는 꼭 그렇지는 않다고 생각한다. 실제로 최근에 '나는 예전보다 기억을 잘 못한다'는 것을 절감하며 살다보니, 꽤 좋은 일도 몇 가지 일어났다. 일단 달리기를 더 열심히 하게 되었다. 기억력의 퇴보를 늦추는 법을 검색하면 운동, 특히 유산소운동을 열심히 하라는 이야기를 자주 접하게 된다. 기억력을 연구하는 한 뇌과학자가 모든 청중을 일으켜세워 에어로빅을 시키는 것으로 강연을 마무리하는 테드TED 영상을 본적도 있다. 그런 자료들을 여럿 접하고 보니, 앞서 말한 〈킹덤〉의 사례처럼 나의 무너진 기억력을 절감할 때마다 '역시 달리기를 해야 해!'라는 생각을 하며 주먹을 불끈 쥐게 되는 것이다. 그리고 말할 것도 없이, 달리기는 기억력에만 좋은 것이 아니다.

술도 좀 줄이게 되었다. 술이 기억력 감퇴의 일등공신이라는 것은 예전부터 이미 잘 알고 있는 사실이다. 그러다보니 기억력 퇴보에 대한 경각심이 커진 요즘엔 아무래도 예전처럼 마음 편히 부어라 마셔라 하게 되지는 않는 것이다. 기억력을 보존하기 위해 일부러 절주를 하고 있다기보다는, 기억력 난조가 술의 재미를 떨어뜨려 자연히 마시는 양이 줄어가고 있다는 편이 정확할 것이다. 안 그래도 나빠진 기억력은 술을 마시면 더 나빠진다. 술자리에서 '아…… 그거 뭐였지……?' 하는 데 너무 많은 시간을 할애하게 되고, 대화의 재미도 줄어든다. 술 마시고 나눈 이야기가 나중에 잘 기억나지 않는 것도 문제다. 예전에는 만취하는 경우에만 기억이 끊겼는데, 요즘은 적당히 마시고 논 동안의 기억도 가물가물한 경우가 종종 있다. 좋은 사람들과 만나 즐거운 시간을 보낸 일이 추억으로 쌓이지 않는 셈이니, 허무할 수밖에 없다. 이런 경험들이 하나둘씩 쌓여 술에 대한, 특히 과음에 대한 나의 흥미를 점점 떨어뜨리고 있다. 이 책의 「즐겁고 해로운 취미」라는 글에서 '맛과 낭만을 만끽하며 한두 잔만 딱 마시고 집에 들어가 평온하게 잠드는 교양 있는 애주가'가 되기는 쉽지 않을 것 같다고 쓴 것이 불과 몇 달 전이다. 그런데 요즘 같아선 그게 꼭 불가능한 일만은 아니겠다는 생각도 든다.

또 한 가지는, 영어로 된 동영상을 자막 없이 보는 일이 늘어났다는 것이다. 그게 기억력 감퇴와 무슨 상관인가, 라고 묻고 싶은 분도 많을 것이다. 그런데 얼마 전, 문득 이런 생각이 들었다. '어차피 다 기억하지도 못하는데, 다 알아듣지 못하는 게 대수인가?' 나는 예전부터 영어에 대해서는 꽤 관심이 많았다. 더 잘하고 싶다는 생각도 많았고, 생각만큼 잘하지 못하는 것이 스트레스가 될 때도 있었다. 특히 듣고 이해하는 것이 잘 안 돼서 답답할 때가 많았다. 하지만 내가 영어를 원하는 만큼 알아듣지 못하는 것은 당연한 일이다. 평소에 연습을 거의 하지 않기 때문이다. 한국에 살면서 한국어로만 생활하는데, 따로 연습하지 않고도 외국어를 잘 알아들을 수는 없는 일 아니겠나.

사실 영어 듣기를 연습하는 방법은 매우 간단하다. 그냥 영어로 된 영화나 드라마를 자막 없이 보면 된다. 특히 요즘은 유튜브나 넷플릭스처럼 마음대로 자막을 켰다 껐다 할 수 있는 콘텐츠 플랫폼이 넘쳐난다. 아무 영상이나 골라서 자막 설정으로 들어가 '끄기'를 누르기만 하면 그만이다. 그걸 알면서도 늘 좀처럼 실행에 옮기지 못했다. 중요한 대사를 놓쳐버릴지도 모른다는 불안감 때문이었다. 그날도 넷플릭스의 다큐멘터리 시리즈 〈익스플레인: 섹스를 해설하다〉의 한 에피소드를 보기로 하고 컴퓨터 앞에 앉아 자막을 끌까 말까 고민하던 중이었다. 그러다 불현듯, 자막을 켜고 본다고 전부 다 기억하는 것도 아닌데 이러나저러나 별로 상관없지 않은가, 라는 생각이 들었다. 그래서 과감히 자막을 끄고 플레이 버

튼을 눌렀는데, 생각보다 잘 들리는 것이었다! 놓친 대목
이 거의 없었고 내용을 파악하는 데는 아무 지장이 없었
다. 자신감이 생겨 〈데이브 샤펠 스탠드업 스페셜〉에 도
전했다가 다시 좀 좌절하기는 했지만, 그마저도 '못 알
아들으면 뭐 어떤가, 어차피 잊어버릴 건데'라는 생각으
로 계속 보다보니 부분 부분 들리기도 하고 그럭저럭 재
미있었다. 그때 이후로는 혼자 집에서 쉬는 시간에 종종
이것저것 자막 없이 보게 되었다. 못 알아들어도 상관없
고, 중간에 딴생각이 들어 좀 놓쳐도 상관없다는 생각으
로 그냥 틀어놓는 것이다. 요즘은 그렇게 〈프렌즈〉를 보
고 있다. 예전에도 (자막을 읽으며) 봤던 시리즈이지만 다
시 보니 (그간 많이 잊어버린 덕에 마치 처음 보는 것처럼) 또 재
미있다. 며칠 전 배우 조셉 고든 레빗의 테드 강연을 본
것도 기억에 남는다. 관심을 '끄는' 것보다 관심을 '기울
이는' 것이 창의성에 도움이 된다는 주제였는데, 유쾌하
면서도 의미심장한 내용이 재미있었다.

  만약 내가 평균적인 인간이라면, 내 기억력의 전성기
에 나는 고등학교 3학년이었을 것이다. 내 인생에서 가
장 공부를 열심히 했던 시기다. 물론 영어 듣기 연습도

열심히 했다. 다만, '못 알아들어도 상관없다'는 생각 따위는 한 겨를이 없었다. '단 한 단어도 놓쳐서는 안 된다'는 생각뿐이었다. 그런 생각이 좋은 성적을 거두는 데 분명 큰 도움이 됐지만, 돌이켜보면 입시 이후 지금까지는 내내 그 생각과 싸우는 과정이었다. '못 알아들어도 상관없다'는 생각 없이는 영어를 즐길 수 없다는 것을 어느 순간 깨달았지만, 내 기억력의 전성기에 수도 없이 뇌리에 새겼던 원칙이 좀처럼 지워지지 않았던 것이다. 내 기억력이 확실히 퇴보했다는 것을 절감하고 있는 지금에 와서야, 그 흔적은 아주 조금씩 옅어지고 있다. 열여덟 살의 나는 지금의 나보다 훨씬 많은 단어를 단시간에 외울 수 있었을 것이다. 하지만 단언컨대, 영어를 즐기는 데 있어서만큼은 지금의 내가 그보다 한 수 위다. 보시라. 어떤 문화권에든 장점은 있다.

다
시

잡담을

얼마 전 한 음악 하는 동생이 오랜만에 카톡을 보내왔다. 군복무중인 그와는 아주 가까운 사이라고 할 수는 없다. 만나게 된 계기는 방송이었고, 마지막으로 연락을 주고받은 것은 이 년 전쯤이었다. 보낸 내용을 보니, 군복무로 힘든 와중에 내 음악을 듣고 많은 위로가 되어 고맙다는 말을 전하고 싶다는 것이었다. 정말 기쁘고 고마웠다. 나는 그에게 남은 군 생활도 건강하게 마무리하길 바란다고 진심으로 빌어주었다. 내가 만든 음악이 위로가 된다는 말, 그 말은 언제 들어도 감격스럽다. 너무 감격스러워서 비현실적일 정도다. 아니, 너무 비현실적이어서 감격스럽다는 편이 더 정확할 것이다. 나는 내 노래가 누군가를 위로해줄 수 있다는 사실이 믿기 어려울 만큼 신기하다. 왜냐하면, 나는 다른 이들을 위로하기 위해 음악을 만들지 않기 때문이다. 음악을 만드는 것은 늘 나 자신을 위로하는 과정이었다.

카톡을 보낸 그 동생이 듣고 위로받았다는 노래는 '장기하와 얼굴들' 5집에 실린 〈별거 아니라고〉다. 그 노래를 만든 날은 지금도 잘 기억하고 있다. 외국에 갔다가 돌아오는 비행기 안이었다. 이런저런 공상에 잠겨 있던 중 문득 한동안 잊고 있던 오랜 추억이 떠올랐다. 무척 사랑했던 한 사람과 함께 비 오는 새벽에 골목길을 걷던 장면이었다. 억수같이 쏟아지는 비는 비탈길을 따라 흡사 야트막한 실개천을 만들고 있었다. 우리는 신발을 벗어 한 손에 들고, 나머지 손은 서로 잡고 걸었다. 세찬 물결이 발등 위를 훑던 감촉이 되살아날 때쯤, 눈물이 흐르기 시작했다. 비행기 안의 나와 비 오는 골목의 두 사람 사이에 놓인 무수한 나날들, 그중에서 이런저런 일로 힘들었지만 꾹 참았던 순간들만이 일제히 떠올랐다. 추억 속의 젊디젊은 두 사람은 맑디맑은 눈을 반짝이며 내게 말해주었다. "거봐, 따지고 보면 다 별거 아니잖아?" 그리고 그 시절 일기장에 수도 없이 적었던 한 문장이 생각났다. "뭐든, 두려워할 것은 없다." 그후로는 장면들과 문장들이 알아서 멜로디를 찾아나가는 시간이었다.

그날 나를 눈물 흘리게 만든 과거의 고통들, 나는 진심으로 그것들이 전부 다 별거 아니었다고 생각한다. 고통의 경중을 따지는 객관적인 기준은 없겠지만, 지나고 보니 그렇게까지 무겁지는 않은 고통들이었던 것이다. 인간관계의 어긋남에서 오는 슬픔이나 직업활동을 하면서 쌓이는 스트레스처럼, 인생이란 것을 살아간다면 누구나 겪게 되는 의례적인 일들이었다. 물론 고통의 한가운데에 있을 때에는 세상이 무너지는 기분을 느낀 적도 많다. 하지만 어쨌든 내 인생은 대체로 순탄하게 흘러온 것이다. 세상에는 말도 안 되는 일로 소중한 사람을 잃은 이들도 많고, 부당한 폭력을 당해 얻게 된 상처를 평생 짊어져야 하는 이들도 많다. 그런 고통이 어떤 것인지, 별거 아닌 고통만을 느끼며 살아온 나로서는 알 길이 없다. 그런 내가 만든 노래가 과연 다른 이들을 위로할 수 있는가, 그 질문에 선뜻 그렇다고 대답하기 어렵다. 처음 노래를 만들 때도 그랬고, 내 노래로 위로받았다는 이야기를 꽤 많이 듣고 난 지금도 마찬가지다. 그래서 예나 지금이나 남을 위로하겠다는 큰 뜻을 품기보다, 내 마음 하나만이라도 잘 들여다보자는 목표를 세우는 것이다. 나 자신이라도 잘 위로해주자. 그것만이라도 잘해낸다면, 그리고 운이 좋다면, 결과적으로 누군가 위로받게 될지도 모른다. 그 정도가 노래를 만들 때 위로라는 것에 대해 내가 가지는 생각이다.

어쩌면 그 정도의 생각도 영 의미가 없는 것은 아닌지

모른다. 가벼운 고통에도 위로는 필요한 법이니 말이다. 그동안 살면서, 나의 가벼운 고통을 어루만져준 것은 주로 무엇이었던가. 친구들과의 대화였다. 마음이 잘 맞는 친구들과 만나 이런저런 잡담을 나누는 것만으로도 우울한 기분이 날아가는 일은 얼마든지 있었다. 잡담을 나누는 친구들은 그저 돌아가며 자기 이야기를 할 뿐이다. 내가 만드는 노래는 일종의 잡담인 것이다. 거기에 담은 나의 마음이 누군가의 마음에 가닿아 공명하면, 그는 내 노래에 위로받았다고 느끼는 것이고 말이다. 실제로 나는 지난 십여 년 동안 활동하면서, 음악을 하는 것과 친구와 수다떠는 것은 별로 다르지 않다고 느낀 일이 많다. 특히 공연을 할 때 그런 생각을 많이 했다. 공연을 할 때나 친구들을 만날 때나, 내가 바라는 것은 딱 한 가지다. 거기에 모인 모든 사람이 즐거운 시간을 가진 뒤 좋은 기억을 안고 집에 돌아가는 것 말이다. 친구들의 모임에서는 모두가 평등하게 대화를 나누는 반면 공연장에서는 공연자가 관객에게 일방적으로 이야기를 들려줄 뿐인 것 아니냐고 묻고 싶은 분도 있을 것이다. 하지만 적어도 내가 무대 위에서 겪은 공연들은 그런 일방적인 것과는 거리가 멀었다. 나는 미리 연습한 대로 노래를 하지

만, 한편으로는 매 순간 관객들의 눈치를 살핀다. 그들은
표정과 몸짓과 박수와 목소리를 통해 자신들의 감정을
내게 전해준다. 나는 그것을 받아들이고, 거기에 따라 그
다음 순간에 해야 할 행동을 결정한다. 똑같은 노래라 해
도 가만히 서서 차분히 부르기도 하고 혹은 무대를 휘젓
고 다니며 활기차게 부르기도 한다. 모두가 아는 후렴구
라 해도 그냥 내가 다 부르기도 하고, 관객들에게 마이크
를 넘기기도 한다. 그러고 나서는 다시 그들이 어떤 기분
이 되었는지 둘러본다. 그런 과정의 반복이다. 그것은 분
명 대화다. 내가 다른 친구들에 비해 좀더 수다스러운 상
황이긴 하지만, 친구들 역시 해야 할 말은 다 하는 것이
다. 우리는 분위기가 어색해지는 것을 원치 않는다. 무리
중 누군가 소외되거나 상처받거나 지루함을 느끼는 것
도 피하고 싶다. 그저 매 순간 즐겁기를 바랄 뿐이다. 물
론 뜻대로 되지 않는 경우도 많았다. 하지만 위기의 순간
에도 친구들과 함께 지혜를 모으고 나면 분위기는 다시
화기애애해지곤 했다.

그리고, 매번 나는 위로받곤 했다. 노래를 만들 때와
마찬가지로, 공연을 할 때도 나는 결국 나 자신을 위로

했던 것이다. 늘 내 잇속만 챙기면서도 잘도 박수 받으며 해왔구나 하는 생각에 부끄러움이 밀려온다. 하지만 어쩌겠는가. 나의 그릇은 그 정도인 것이다. 내가 모르는 고통마저도 아우를 수 있는 큰 위로의 메시지를 전달하는 것은 아무래도 내 능력 밖의 일인 것이다.

그럼에도 불구하고 내가 음악을 만들고 공연을 하는 것이 단지 내게만 의미 있는 일이 아니라는 것을 알려준 이들이 있다. 그들의 얼굴이 떠오른다. 그들이 무대 위에 서 있는 내게 보내준 표정과 몸짓과 박수와 목소리가 눈앞에 귓가에 선하다. 그 모습들을 보지 않고 지낸 지 이제 일 년하고도 네 달이 돼간다. 마지막 앨범을 낸 날짜로부터는 곧 일 년 반이 된다. 그리고 나는 이제 무대로 돌아갈 때가 가까워지고 있다는 것을 느낀다. 이 책을 다 쓰고 나면, 나는 아마 예전과 마찬가지로 다시 나 자신을 위로하는 노래들을 만들기 시작할 것이다. 얼마나 많은 사람들이 거기에 공감해줄지는 알 수 없다. 하지만 아마도, 여전히 나처럼 이런저런 별거 아닌 고통 때문에 괴로워하는 이들은 있을 것이다. 사람들은 각자 다르지만 또 비슷한 세상에서 살아가고 있기도 하니, 나와 비슷한 마음인 이들도 몇몇은 있을 것이다. 나는 그들과 만나 다시 잡담을 나누고 싶다. 되도록이면 분위기가 어색해지는 일 없이, 누군가 소외되거나 상처받거나 지루해하는 일 없이, 함께 즐거운 시간을 보냈으면 좋겠다. 헛된 기대를 할 마음은 없지만, 만약 새롭게 마련하는 그 자리가 나보다 더 무거운 고통을 짊어진 친구도 기꺼이 참석해줄 만한 것이 된다면, 내게는 더 바랄 게 없을 것이다.

에
필
로
그

나는 여전히 책을 잘 못 읽는다. 책 한 권을 엮을 만한 분량의 글을 쓰고 나서도 읽기 능력은 그다지 나아지지 않았다. 하지만 다행히 책을 좋아하는 것도 그대로다. 반면 글을 쓰던 때와는 좀 달라진 점들도 있다. 몇 시간씩 술을 퍼마시고 만취하는 빈도는 극적으로 줄었다. 어쩌면 정말로 누구에게든 평생 마실 수 있는 술의 총량이 비슷하게 정해져 있는지도 모르겠다고 생각하게 되었다. 얼마 전엔 남는 턴테이블 하나와 작업용 스피커를 연결해 다시 집에서 바이닐을 듣기 시작했다. 가끔씩 아끼는 음반을 꺼내 듣는 재미가 새 냉장고를 샀을 때만큼이나 쏠쏠하다. 마흔이 한 걸음 더 다가와서 그런지는 몰라도, 드라이클리닝이나 개별 세탁을 요하는 번듯한 옷도 가끔은 사 입고 싶어졌다. 흰쌀밥을 여전히 좋아하기는 하지만, 예전처럼 먹으니 좀 살이 찌는 것 같아 약간 줄였다. 라면은 다시 별로 안 먹게 됐다. 그때 왜 그리 라면에 열광했었는지는 지금도 잘 모르겠다. 물론 이유가 꼭 중요한 건 아니다. 살다보면 또 그런 시기가 공연히 돌아올지도 모른다. 달리기는 꾸준히 거리를 늘려가다 하프 마라톤에 해당하는 이십일 킬로미터 완주에 성공했는데, 그러는 통에 좀 무리가 됐는지 족저근막염이 생겨 요즘은 달리지 않고 있다. 대신 자전거를 하나 사서 흥미를 붙여보려 하고 있는데, 아직까지는 달리기만큼 친숙해지기가 쉽지 않다. 영어로 된 영화나 드라마를 자막 없이 보는 일은 다시 줄었다. 가장 나중에 쓴 글이 「아무래도 뾰족한 수는」인데, 그걸 쓰던 즈음에 '영어 듣기를 꼭 잘하지 않아도 상관없는 거 아닌가?'라는 생각이 든 것이 좀 패착인 것 같다.

　누구나와 마찬가지로 나는 시시각각 변하고 있다. 책 하나를 쓰는 동안에도 이렇게 많은 변화가 있었다. 일 년 만에 완성해서 다행이다. 이 년이나 삼 년 동안 썼다면 읽는 분들이 '뭐야, 이 녀석은 왜 이리 이랬다저랬다 해?'라는 생각을 하느라 성가셨을 공산이 크다. 아무튼 이 책은 지난 일 년 동안의 내가 어떤 사람이었는지에 대한 기록이다. 쓰는 동안 나는 그를 성실히 만나보려 노력했고, 이제는 떠나보내 또 조금 새로운 나를 맞이하려 하고 있다. 여기까지 읽어주신 분들께 진심으로 감사하다. 남의 이야기에 귀를 기울여준다는 건 멋지고 어려운 일이다. 덕분에 나는 또 한번 삶에 필요한 힘을 얻게 될 것이다. 읽는 동안 지루하거나 불쾌하지 않으셨기를 바란다. 만약 그랬다면 죄송하다. 아, 이런 사람이 있구나, 나랑은 비슷한 점도 다른 점도 있구나, 정도의 생각을 하며 심심함을 해소할 수 있었다면 그 이상 바랄 것은 없다. 내 본업은 음악이니 혹시라도 새 음악을 기다리는 분이 읽고 계시다면 한말씀 드리고 싶다. 책 낸다고 법석을 떨며 음악 창작을 게을리한 것은 송구하다. 하지만 글쓰기를 하는 동안 새로운 잡담을 위한 준비가 잘되었으니, 곧 또 나름대로 재미있는 무언가를 들려드릴 수는 있을 거라고 생각한다.

최근 방송 촬영차 요트를 타고 바다에 다녀왔다. 파도가 가장 거셌던 날, 어린이가 가지고 노는 장난감처럼 흔들리는 배 위에서 문득 이런 생각이 들었다. 주변 사람들에게 더 잘해야겠다. 고마운 사람을 일일이 나열할 만큼 대단한 일을 했다고 생각하지는 않기 때문에 그러지 않기로 했지만, 그와는 별개로 책을 내는 김에 나의 소중한 가족들, 친구들, 팬들에게 인사는 한번 하고 싶다. 고맙습니다. 당신들 덕분에 내가 살아가고 있습니다. 초보 작가를 데리고 성심성의껏 책 만들어주신 편집자님과 출판사에도 감사의 마음을 전한다.

졸고이기는 해도 난생처음 책 한 권을 완성할 시간이 되니 감개무량한 마음이 이는 것은 어쩔 수가 없다. 동시에, 뭔가 꼭 해야 할 말을 빠뜨린 것은 아닌가 싶어 불안해지기도 한다. 하지만 앞으로 노래도 다시 만들 거고, 이런저런 사람들을 만나 이야기도 할 거고, 경험과 생각이 또 좀 쌓이면 글도 다시 쓸 거니까, 이번 책에서 몇 가지를 빠뜨렸다고 해도 뭐……

  상관없는 거 아닌가?

상관없는 거 아닌가?

ⓒ 장기하 2020

1판 1쇄 2020년 9월 11일
1판 19쇄 2024년 4월 10일

지은이 장기하

책임편집 박영신 | 편집 황은주 임혜지 김소영
디자인 최윤미
저작권 박지영 형소진 최은진 서연주 오서영
마케팅 정민호 서지화 한민아 이민경 안남영 왕지경 정경주 김수인 김혜원 김하연 김예진
브랜딩 함유지 함근아 고보미 박민재 김희숙 박다솔 조다현 정승민 배진성
제작 강신은 김동욱 이순호 | 제작처 상지사

펴낸곳 (주)문학동네
펴낸이 김소영
출판등록 1993년 10월 22일 제2003-000045호
주소 10881 경기도 파주시 회동길 210
전자우편 editor@munhak.com
대표전화 031) 955-8888 | 팩스 031) 955-8855
문의전화 031) 955-2696(마케팅) 031) 955-1905(편집)
문학동네카페 http://cafe.naver.com/mhdn
인스타그램 @munhakdongne | 트위터 @munhakdongne
북클럽문학동네 http://bookclubmunhak.com

ISBN 978-89-546-7460-7 03810

www.munhak.com